阅 读 即 行 动

Chantal Akerman

[比利时] 香特尔·阿克曼 著
史烨婷 苗海豫 译

我妈笑了

Ma mère rit

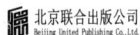

我写下这一切，但现在我不再喜欢自己写的这些。那是在之前，在我母亲肩膀骨折之前，在她的心脏手术之前，在她患上肺栓塞之前；在我妹妹还是妹夫给我打电话来与母亲道别，且是道永别之前；在母亲回布鲁塞尔家中之前，从那以后，她再也没离开家。

那是在她笑之前。

是在我意识到自己或许误解了一切之前。

那时我还没明白，我所采取的只能是一个不完整的、想象出来的视角。而我也只能如此。我既没能力描述真相，也几乎没有能力描述真实的自己。

如今我母亲健在，而且状态不错。所有人都这么说，所有人都说她很坚强，没人知道她是如何活下来的。

我母亲浑身疼痛，却又长出了头发，这是个奇迹。

她重新长胖了。她拖着骨折的肩膀，差不多能靠自己应付生活。但还是需要有人来帮她穿脱衣服，帮她切肉，帮她在面包上抹黄油。她再也不能自己去散步了，这点真的非常可惜。幸好克拉拉和她住在一起。克拉拉住在公寓最里面的一间，这样二人住在一起又相对独立。克拉拉来自墨西哥，她还有个妹妹帕特丽夏，在我母亲家里做保洁。

每逢圣诞节和新年，这对墨西哥姐妹便会邀请我母亲一起庆祝节日。母亲说，虽然圣诞节和新年并不重要，但她还是欣然赴邀，因为她喜欢墨西哥人家里浓厚的节日气氛。她从节日聚会回来的时候，总是脸蛋红扑扑的，眼睛亮闪闪的。

她经常一边抱怨一边欢笑。她很快乐。

我时常听到母亲欢笑。她会为一点小事笑起来，这一点点，就很多。甚至有时一大清早她就在笑。

虽然她醒来时往往感到疲倦，但她还是醒过来，开始新的一天。

我从纽约回来陪她待了几天。

我不知道为什么她能随我按照自己的方式生活，我也不知道她是怎么做到这一点的。

她似乎不再介意我的杂乱无章,她像是注意不到了。她接受了。她接受了我本来的样子。从前可不是这样,但自从母亲感受到死亡的迫近并幸运地活下来后,她就变了。她明白孰轻孰重,接受了我。

有时母亲还会提及我刚出生的时候,由于她的奶水并不适合我,她不得不看着自己的孩子日渐消瘦,非常骇人。一天,家人终于找到了适合我的奶水。假如找不到的话,又会发生些什么呢?

母亲笑了。

我喜欢听见她的笑声。

她睡得很多,但爱笑。她很快乐,便睡了。

她最终还是接受了自己的年纪。她知道睡觉的时候要躺在床中间,这样晚上才不会掉下床来。她知道要在通往卫生间的走廊里留一点灯光。她知道有人睡在公寓最里面那间,离她不远,以防万一。我母亲知道这一切,也接受这一切。她喜欢这样。她喜欢克拉拉在身边,喜欢同克拉拉说说笑笑。她们就像一对认识了一辈子的好朋友。

这是我妹妹出的主意。她觉得母亲不能再独自生活了,克拉拉便陪母亲回到了比利时。到目前为止,一切都很顺利。

我母亲很喜欢这家墨西哥人。克拉拉的妹妹和儿子常过来问候我母亲,和她一起吃饭。他们很热情,会同她一起欢笑。这种感觉很好,母亲惦念不已。再者,我母亲喜欢家里热热闹闹的，哪怕是水管工带着他孙女匆忙赶来也是好的。那天晚上，水一直从邻居家漫过来，害得我整晚都在拿大勺子舀积水。这真的算是一件严重的事，纵使如此，她内心深处也是欢喜的，即便她疑惑房子为什么会漏水，她感觉是因为建筑在老化。母亲希望不需要为修房子花什么钱，因为她的生活费有限，假如不得不增加一笔维修房屋的开销的话，她不知道自己该怎么应付。

我母亲知道可以指望两个女儿来解决这件事情，可她并不喜欢这样做。她不爱求人。她虽然没有多少收入，但仍希望凭自己的积蓄应付生活。母亲同父亲一道，操劳了一生，却很少把辛劳挂在嘴边。如今她需得指望德国政府给她发放的集中营幸存者补助，以及战俘抚恤金，还有一套父亲留给我的公寓过活。当初父亲为我买下这套公寓，也是希望我或多或少可以有点财产。

我们把公寓租了出去。由于房屋状况不是很好，租金也很低。这点钱不是很多，但多多少少让我母亲的生活宽裕了一些。

当水管工带着他的小孙女来到家里时，我母亲非常喜欢这个头发卷卷的小姑娘。从前我母亲也有这样一头卷发，可现在没有了。小姑娘的卷发实在是漂亮，她安安静静，总是笑盈盈的。母亲拿了一些橙汁给她喝。

水管工用一个特殊工具疏通管道，噪音骇人。还好他都修好了，我不必再拿着大勺子成宿地往屋外舀水。

水管工告诉我母亲，房子的管道都旧了，以后可能还会发生漏水的情况。母亲说，走一步看一步吧。她想着，假如十年之后房子漏水了，她可能已经不在了。既然我不务实际，到时候，须得由我妹妹来挑起修缮房屋的重担。可那年圣诞节却是我打电话叫水管工来的。然后她笑了。

走出公寓对我母亲来说困难重重。她几乎不再外出，却总絮叨着想要出门。只不过冬天到了，天气阴沉又潮湿，她知道潮湿对生了重病的她没什么好处。十二月的布鲁塞尔也有不太潮湿的时候，可就算天气稍稍转干，我母亲也足不出户。她会挪步到阳台，仅此而已，不会再往远处去。她看看一楼荒凉的花园，看看猫，看看狗，看看被风吹翻在地的长椅，那风大到足以吹走一切。然而，除了这把椅子，花园里寂寂无人。孩子们都不在那儿，或许在房子里吧。等春天时，她将再次在那儿见到孩子们，她会很欣喜。母亲期待着春天，她晓得春天必将到来，她将听到鸟儿飞过的声音。她喜欢这样。

我做不到。我等不到春天了。我身处冬季，昏暗厚重的阴云仿佛会永远笼罩天空。

我感觉冬天便是一切的结束，但它并不是。

我不知道自己将会做什么，不知道将在哪里生活，不知道是否还去往别处。但我会到巴黎去，回到我自己的公寓。我有一间公寓。只有在我的公寓里，我才是回到了家，回到了人们所说的家。

然而，我觉得，我在家或是在别处是没有区别的。并没有一处地方让我感觉是在家，也没有一处地方让我感觉是在别处。

我有时会考虑去酒店住，酒店将是我的另一个家，将是我可以写作的地方。

重新阅读我写的一切令我很不快乐。但又能怎么办呢，我写下了这一切，它就在那里。

我想，假如对这些文字加以润饰，或许它们不会令我感到如此不快。然而，在我无所事事的那几个月里，我对自己说，很快我就会重新开始写作，或者说很快我就将继续写作，这棒极了。

我母亲在她那张电动按摩椅上睡觉的感觉就像是睡在飞机上。那张按摩椅非常棒，坐在上面仿佛能获得头等舱体验。我母亲非常喜欢它，她常常睡在上面，这样她就不会有总是待在床上的感觉。

床很不舒服，只在夜里睡睡床也就罢了。

有一天，母亲在餐厅里她的那张电动按摩椅上睡觉时，门铃响了。她偶尔可以听到铃声，但并不是次次都能听到。她会微笑着开门。她喜欢听到门铃响，喜欢人们到家里来。何况敲门的是安德蕾，我母亲很喜欢她。

安德蕾是个身材高大的女人，有一头金发，能说会道。我母亲也喜欢说话，二人相处甚欢。

那天是周五，我母亲打算吃鱼，她为此兴致颇高。

她打算吃小鳎鱼，是一种个头比较小的鳎鱼。她喜欢吃这种鱼，我也一样，但我并没有十分期待。我也想知道自己为什么没有像母亲一样感到开心。

她很开心，非常开心，以至于到最后我也跟着开心了起来。

她说小鳎鱼的肉很好吃，比普通鳎鱼的肉嫩。

安德蕾通常会在周五来帮我母亲做小鳎鱼，但每逢周四我母亲便已经很开心了。

她想念小鳎鱼，想念安德蕾，一个有教养的女人。

她喜欢安德蕾，也喜欢安德蕾烹调小鳎鱼的方法，也就是在烧鱼时加入一种黄油欧芹酱一起煮。

我母亲了解安德蕾的一切。安德蕾有两个乖巧的儿子，如她所说，其中一个孩子未来会成为律师。据母亲所知，安德蕾的丈夫是一名司法警察，但他从来不把警械带回家。他不希望两个儿子对警械见怪不怪，不希望他们长大后在警察局工作。他见警察见得实在太多。我母亲能够理解他的想法。

话说回来，我母亲理解一切，或者说几乎理解一切。她对安德蕾的生活饶有兴趣。没错，她对遇到的人的生活都很感兴趣。他们跟她讲一些不太有趣的事情时，我母亲也会笑。

她与萨米拉一起欢笑，与玛丽亚一起欢笑，与索尼娅一起欢笑。她同她们所有人一起欢笑。

她们都是家庭帮扶项目的护工。

我母亲几乎不能自理，她无法自己洗澡穿衣，也无法应付其他一些日常事务。正因如此，她可以申请长期护工服务。护工们会帮忙照料日常采买，照顾我母亲吃午饭，帮她擦洗身子。

每当要洗澡时，母亲都会很开心。她慢慢坐进浴缸中，扶着金属把手。护工检查好水温，便开始温柔地给她擦洗。每次洗澡时，母亲都称心满意，她会感觉身体轻松许多。

她完全不介意在护工面前赤身裸体。幸好她不会对此感到不适，不介意别人看她的身体。再说她也不得不习惯于此。我父亲则腼腆得多，他受不了在别人面前光着身子。但在他病重的时候，他也不得不接受。我母亲是一位现代女性，裸体并不会给她造成困扰。我并不是说她一点儿不害臊，只是她的害羞之情恰到好处，所以她不会因某些事情感到烦扰，特别是裸体这件事。在害羞这方面，我不能说自己与母亲截然相反，可有时我也会反思。我是父母的混合体，我会害羞，只不过偶尔也会毫不在意。

有一年圣诞节，因为节日的缘故，护工都没有来，我只好自己给她洗澡。

她也不介意在我面前光着身子，但我挺介意。她喜欢我给她洗澡，但我可不喜欢这样。

我只管给她洗，并没告诉她我其实很介意这件事，同时我又觉得自己不应该为此介怀。话说回来，为母亲洗澡真的有那么严重吗？说到底并不是。只是有点困扰我而已。

除了圣诞节，护工几乎每天都会来家里。她们会帮我母亲从头洗到脚，动作很温柔，生怕弄疼她。母亲喜欢香皂味，她洗澡时会深吸一口气，说真香。护工轻轻给她擦干身子，在房间里帮她穿衣服，只穿上衣。须得先帮她把羊毛衫套到头上，再帮她把受伤肩膀一侧的胳膊塞进袖子里；她差不多能自己穿上另一只袖子，当然护工也会帮她一把。至于其他的衣服，她可以自己穿上，她对此很满意。

之后她会尝试用右手抬起左臂，这是体疗医生教她的动作。她会来来回回做好多次，每次都想知道自己这次能不能把左臂举得比上次更高。她会做给我看，问我有没有抬得更高。我会跟她说我觉得是更高了，但说实话我并不确定。她满怀希望，觉得终有一天自己能够举起左臂，至少能有点儿进步，只要能让她自己切面包、穿脱衣服就足够了。

我母亲认为，即便在八十五岁的高龄，她也是可以进步的。她确实这样想，也努力去尝试。体疗医生每次都会表扬她，说她恢复得更好了。我不清楚医生是不是真这么想，但他的确是这样说的。他还夸我母亲的后背好看，我母亲听后笑得可开心了。体疗医生对那些令人开心的赞美之词稔熟于心，而且他很快就了解了我的母亲。再说我母亲的柔韧性很好，多亏锻炼了腿部肌肉，她恢复得不错。

她全身心投入锻炼之中，体疗医生也会夸她。

当我在时，医生会说，瞧瞧这个，瞧瞧她的腿和背是怎么活动的。

医生说我母亲的柔韧性真的很好，像个年轻女人，有些动作连他都做不了。虽然他只有五十岁，但他的身体比较僵硬。

他说人的柔韧性是天生的，如果不是天生身体韧性好，就得通过大量练习来提高柔韧性。一旦停止锻炼，身体的柔韧性会再度变差。

医生给我母亲看他的身体有多僵硬，他说母亲很幸运，柔韧性一直很好，她就靠这保持身体的良好状态，而我也一样。

母亲笑了起来。体疗医生诊疗结束后，她不断重复医生跟她说的话，她非常高兴。她说，我柔韧性一直很好，你也是。我把柔韧性遗传给了你，至少是这样。

克拉拉来自墨西哥，她最喜欢的事情之一便是烹饪。当母亲家里有人来时，她会很高兴，做些稍微复杂的菜式。大家都夸她做得好，觉得我母亲有克拉拉为伴很幸运。确实如此。

可惜克拉拉有长时间眼性偏头痛的毛病，特别是我在那儿的时候，症状甚至能持续四天。所幸有我帮母亲穿衣服，帮她脱衣服，帮她切肉。

我感觉克拉拉专挑我在的时候犯偏头痛。她知道我会把该做的都做好，所以偏头痛就来了。

母亲会很担心。她偶尔会敲开克拉拉的门，看克拉拉面朝里躺在床上。她看不到克拉拉的脸，只能轻轻关上门，说让她好好休息。

母亲尊重克拉拉，也尊重克拉拉的隐私。她一直想去看看她，但都忍住了。

我说，克拉拉好一点时会起床的，别担心。母亲知道我们已经想尽办法去治疗克拉拉的偏头痛了。我的外甥在墨西哥，他曾经陪克拉拉去看顶级专家。专家给她开了些药，可惜没什么用。母亲想到我那外甥，笑了起来。笑得很开心。她很疼爱我的外甥。

女人躺在她的床上呻吟，声音温柔，反复呻吟。

接着她说，哦，我不知道，我不知道。她知道自己说得很大声吗。她听不见，她可能认为自己只是这样想着。她大声说着自己的想法，却不知道自己正说着内心所想。

我们是她的女儿，我们知道她在想什么。

我母亲不太能听见，但也没完全失聪。她能听到门铃什么的，有时候也能听到电话。只不过她接到电话时只能去猜电话里的人在对她说什么，所以她不再喜欢电话。为此，妹妹给了她一台电脑，这样她能使用Skype，能看到说话人的嘴型，便可以听得更清楚些。她很喜欢看见我们，拉近和我们的距离。我母亲曾经非常排斥电脑，电脑让她感觉被新世界拒之门外，让她觉得自己属于另一个世界。但有了Skype后，母亲便接受了电脑。

她长时间地守在电脑前，等着我或我妹妹上线。我们不在线时她会很恼火，但我们也做不到一直在线，真的做不到。

在Skype的协助下，母亲能看到我们，听得就更清楚了。不过她还是听不到自己的呻吟。

可当我们问她是否有烦心事时，她说没有。

母亲说她睡不安稳是因为忘了吃立舒定[1]，直到凌晨两点醒过来才想起自己忘了吃药。

吃了一片立舒定后，她也没有睡好。

现在她正在厨房里吃玉米片。

母亲头上只剩几根头发了，从前，她非常爱美，大家都说她是个大美人，我也以她为傲，以我的母亲为傲，以这个美丽的女人为傲。我很爱她。

她出院了。她明白自己差点没挺过来。她明白自己老了，却不以为然。她还想活着。

她也明白自己需要回医院做心脏手术。她说这是个非常小的手术。在等待做手术期间，她行动困难，活似一副捆在一起的骨头架子。

母亲在等清洁女工帕特丽夏上门。她很喜欢帕特丽夏，喜欢她的快活，喜欢她带着儿子们一起来，那时她会做饭给四个人吃，母亲就能听到欢声笑语。母亲很喜欢这样。

---

[1] 立舒定属于抗焦虑类精神神经系统用药，主要用于焦虑症或部分神经肌肉类疾病的治疗。——译者注

她不太确定自己是否听清了帕特丽夏是今天来还是明天来，虽然她有助听器，但对她而言打电话依然是个考验。她能听到电话那头在讲话，但听不清说了些什么，大部分时间只能去猜人家说了什么，有时猜对，有时猜错。母亲生活在含混之中。

母亲出院的时候，心脏科医生告诉她在手术前做什么都要慢慢来。我母亲当然做什么都慢慢来，横竖她也快不起来。她行动不便、呼吸困难，都是大动脉变窄造成的。

她随时能睡着。醒来。吃点东西。活着。

她起床、吃饭、洗澡，这几天她能够自己进出浴缸了。

接着吃饭。在沙发上打个盹儿。睡觉。醒来。

和两个来陪她的女儿说说话，有一搭没一搭，什么都说。

都是些无关紧要的事情。

除此之外，还有什么可说的吗。

也许手术之后会有吧。

一个被判缓刑的女人，一个幸存下来的女人。她知道，她活下来了，并将继续活下去。她自己说，她的大限未至。

我不知道她是不是这样想的，但从她的呻吟，和那些她自以为没说出来实则已经大声说出来的话来看，这些并非她的真实想法。

在她入院前，在她出院后准备手术期间，在她重新回到医院的时候，我都在。

那时她病得很严重，我很害怕，怕她在椅子上当着我的面停止呼吸。

她睡着了，我能感觉到她的心脏为了保持跳动而做着努力，我注视着她，妈妈，呼吸啊，别丢下我，要呼吸。

别丢下我，现在还不行，我还没准备好，也许我永远都不会准备好。

她的呼吸变得非常困难，我们不得不把她送到急诊。在医院里，为了让她能支撑到手术，大家都悉心照顾着她。

大家一直说，只是个手术而已，没什么大不了的。可是她那副骨头架子、那几根稀疏的头发和呆滞的双眼到底能不能经受得住，只能再说。

我总是说再说。我总是一边想着许多可能会发生的状况，一边说再说。说到底只关乎两件事罢了：要么活着，要么死去。

如果她的生命重新启航，她也会一样。

这个孩子出生时便是个老成的孩子，所以也从未成为成年人。他在成年人的世界里像个老成的孩子一般成长，可惜成长得并不好。他觉得假如母亲去了，自己也就无处可归了。

这个孩子在十几岁的时候淘气顽劣，成年后无所不为，只是一直明白自己总有归处。

父亲过世后，搬去跟母亲一起住。

老成的孩子初到之时，还没学会像成年人一样生活，总是被生活搞得筋疲力尽。他躺在沙发上睡几个小时，过会儿没那么累了，就吃点东西。

这个孩子是个女生，就是我。现在我老了，马上六十岁，然后是六十多岁。我还是在那儿。我没有孩子，是一个没生过孩子的老成的孩子。以后还有什么能支撑我继续活下去呢。

我能否就为睡觉起床吃饭再睡觉而活着？我忘了还有听广播。我听广播。现在已经不是淘气顽劣放荡不羁的时候了。太阳下山时我很高兴我也能去睡了。

距离手术只有四周了。

她昨天是这样说的。

但今天早上吃完早饭，她已经感到疲惫了。她去沙发上躺了下来。

我去看她的时候，她跟我说，吃饭累死我了。

可我有权休息吗？我跟她说，休息不是权利，是义务。

至于我，我能在这儿坚持四周吗？

只有写作才能让我支撑下去。无论如何，在这儿还是在别处，又有什么区别呢。至于我的生活，我根本没有生活。我还没能拥有自己的生活。无论是在这里还是别处，不过在别处总是好些。我只是离开、归来、再离开，一直如此。

我离开，先是去往巴黎的一间小小的白色房间，那里冷冰冰的。

接着我去了别的地方，那儿很热。后来我又换了一个地方，那是在大西洋彼岸，一个很大的城市里，我在那儿休整了一段时间。

  那时我感觉不错。我在生活。尽管有时因为找不到地方落脚而整夜漂泊流浪,但我依然是在发现生活,认识别人。多数时间我是有地方住的。大家招待我,让我有地方睡觉、可以洗澡,甚至给我东西吃。今年我又见到了他们,他们没什么变化,依旧热情好客。他们还在好奇我当年是怎么会来到他们家的,我也想知道。这成了一个谜。

在那个炎热的地方我差点儿结了婚，部分要归咎于热，另一部分原因其实是那时我不知道拿自己怎么办。当时我一无是处，拍了一部差劲的电影，那么为什么不结婚呢。我去结婚至少能让某人开心，好吧，让我父亲开心。

我曾经问父亲他为什么这么希望我结婚，他跟我说，你结婚了生病的时候会有人照顾你。我寻思着他怎么知道我会生病，还会病得很严重。

也许他这么说是因为他没有什么可说的。他曾照顾过他生病的姐妹，所以他觉得所有女人都会生病。可是他的母亲身体健壮，只是在战争结束后，她才感觉难以为继。战争期间，我父亲藏身在地窖中，他也会出来，去工作。他不佩戴黄色六芒星，他明白最好别戴。他母亲也一直坚持着。

战争结束后，一切都不一样了。仿佛她在战争中耗尽了所有的气力，虽然没有人证实过，至少我这样认为。但应该是这样，假如不是战争，也是其他事情消耗了她。大家跟我说更年期和糖尿病拖垮了她，但那完全是另一回事。

我父亲从不提他的母亲，只有他的一个妹妹谈起过她，说她很爱他。这位姑姑是我家这些姑姑中唯一一个没嫁给犹太人的女性，她自有道理。他们是我的小姑和小姑父。她爱他，一直爱着他。夫妻二人互相照应。可能是出于此，二人虽有各种各样的疾病，但每次都能顺利渡过难关。

我姑姑很疼爱她的小女儿，她的小女儿也很爱她。这位表妹不久前结婚了，也有了孩子。我母亲给我看了他们的照片。她的丈夫是越南人，这一点在孩子身上看得出来，不过大家都非常满意。

幸好我没结婚。如果我结婚了，可能早早就要守寡。我母亲说，一天是寡妇，一辈子是寡妇。她就是个寡妇，有一天她说，我不应该嫁给一个比自己年龄大的男人，哪怕他再好、再正直也不能嫁。她说："现在我孤单一人，永远都会是孤单一人。我喜欢年轻人，我不想又嫁给一个年纪大的人，不想给他洗袜子。我有洗衣机，只是想要表达那个意思罢了。但是突然跟一个老男人躺在床上，跟一个没有跟我共同衰老的男人躺在一起，这简直难以想象。我只希望有一个朋友，有个可以和我一起出去消遣的人，陪我看戏，甚至陪我跳舞，没什么不好的。年轻人喜欢跳舞，我也喜欢。我喜欢跳舞，无论是在婚礼上还是在随便什么地方。我在跳舞时才觉得我是我自己，特别是在连着跳了几个小时的时候，那种感觉真好。还有，我原本想做一位舞蹈演员，或当一名歌手，成为一名游泳运动员或音乐家，但我什么都没有做到。

"正因如此，我很高兴我孙女去读书了，我希望她这辈子能有所作为，特别是不要变成寡妇。她有的是时间，但未来还真不好说。

"人们永远不知道未来会发生什么，尤其是我，我更是猜不到未来会发生什么，因为发生在我身上的事情已经发生了，在它发生之前，谁能想到事情是这样的。话说回来，肯定有人能想到会发生什么，不然事情就不会发生，也不会被安排得井井有条。所有一切都经过了周全的思量。所以我有时认为，即使思考是人们解决问题的最后方法，但它也并不总是一个解决办法。

"我大女儿总是想让我聊聊人生，可我不想。我知道我说着说着就会说不下去，起码我是这样认为的。我大女儿说，恰恰相反，我需要跟别人讲讲话。但她也没什么重要的事情要说，只会聊聊她生活中的鸡毛蒜皮，仿佛她说的那些话不应该讲给我这样一个母亲听。

"有时我认为这是由从前发生在我身上的事情导致的，有时我又不这样想。我不知道到底应该怎么看待这种情况，所以我干脆不去想它了。

"此外，发生在我身上的事情也许会再次发生。

"没有什么会真正结束，一切都可以重新开始。事情纵然不会以相同的方式开始，但总归会重新开始。特别是当我看到露宿街头的人，且越来越多，看到他们，我会转过头去，因为我看不了这个。即便我有一个大公寓，我也不会邀请他们到我家去睡。有时我觉得邀请他们回家睡确实是个解决方法，不过露宿街头的人太多了，而且越来越多。他们脏兮兮的，这点倒是正常，可脏污会让我发抖，这也是我不邀请他们回家的原因之一。我知道，只需好好洗个热水澡，穿上干净的衣服，喝一道美味的汤，他们也会变得干干净净，他们又不是生来就脏。

"然而我无法直面脏污,我从前经历过了,便再也不想听到人们提起它。我不想看到它,不想在我家里看到它,也不想在任何人家里看到它。脏污让我恶心,当我在街上或去某些街区,比如巴黎我女儿住的那个街区时,街上脏兮兮的床垫会让我恶心。我问女儿怎么能够忍受这些,她说她也受不了,所以她尽量不去看那些脏兮兮的场景,尤其不在阴天下雨的时候看。天气好时,脏兮兮的床垫在阳光的照射下显得少了些污渍,便显得可以忍受了。我自己思忖着,是的,确实是这样,阳光下的床垫看起来污渍少些,但我们还是能闻到它们的气味。有时候,闻到气味是件更糟糕的事,鲜花的气味除外。但当我们把鲜花放在水里太久,忘了给它们换水,甚至忘了它们的存在时,它们就开始发出怪味儿,这时我们便会毫无遗憾地扔掉鲜花。肉也一样,有时肉的味道会令人作呕,在这种情况下,哪怕再饿,哪怕忍受着饥饿的痛苦折磨,哪怕饿得要死,也不能吃这些肉,一定不能吃。"

现在母亲几乎不会饿,但她明白自己必须吃些东西来增加体重、保持健康。我们讨论了好久什么东西能让她有胃口,得出的结论总是一样:鲱鱼配洋葱,要么是油浸鲱鱼,要么是腌鲱鱼,不管怎么做,总归是鲱鱼就对了。她还喜欢小褐虾,需得放在沙拉里,配上淡淡的蛋黄酱和新鲜洋葱,还需给蛋黄酱多撒些盐和胡椒,不然她便没有食欲。再有就是白奶酪,没有白奶酪她便会不知所措,所以白奶酪总是排在购物清单的第一位。

我也喜欢白奶酪,但由于总是说起白奶酪,我便不太喜欢它了。我喜欢的是一天中能感觉到我拥有自己的生活的时刻,是我步伐轻快地走去买烟的时刻。那一刻我忽然成了一个人,一个自由的、有事可做的人。特别是今天,在经过许多灰暗的日子后,终于出太阳了。

我还喜欢写下发生的事情,哪怕没有发生什么。是的,那样我也会感觉自己做了些什么,虽然什么都没有发生。

无论如何都会发生一些小事情,一些无关紧要的小事。

电话铃声。被说或被交谈的词。静默。时而叹息。隔壁的噪音。卡住的电梯。需要倒掉的垃圾桶。接下来还是说话声,被说出但没被交谈的词。

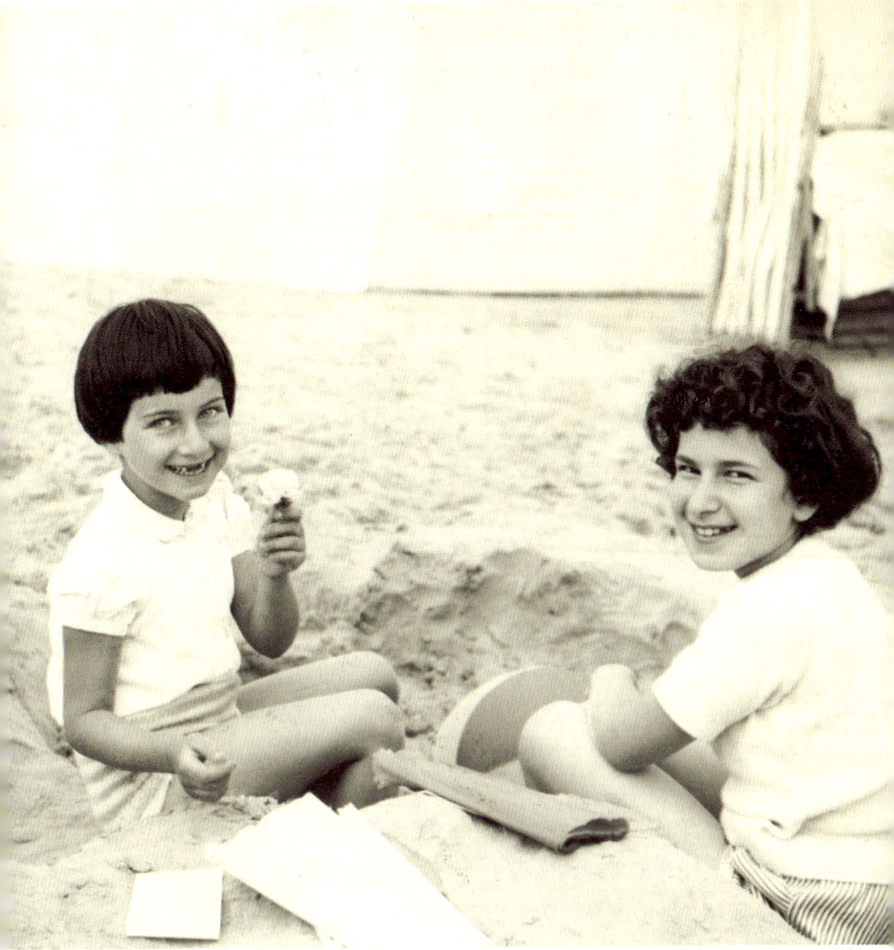

我妹妹此刻正在这里。我很久没见过她了，可她又要走了。我妹妹拥有自己的生活，她懂得生活的乐趣。我看着她，好奇她是怎么做的。

她从出生起就懂得生活的乐趣。她棕色的、温柔的小眼睛，她的皮肤，都懂得生活的乐趣。

她胖乎乎的，除偶尔生气外，总是笑吟吟的。不过她的脾气也走得很快。她一遇到令她烦心的事情就会立刻发火，她不像我一样等上若干年才敢发脾气。我要等上好几年才敢说有些事情让我很生气，甚至让我痛苦不堪。而且更重要的是我需要找个借口，找个与此事毫无关系的借口。然后再发火。所以，我觉得我生气的时候很可怕，我会大喊大叫，甚至尖叫，仿佛世界要在我的周围爆炸，仿佛有人会因我的愤怒而死亡。是的，我的怒火一旦发作便相当厉害。它会伤害我,所以大多数时候它只是卡在喉咙里。

当我对 L 说,你看我多么生气,你看我吼得多大声,L 笑了。你管这叫吼?是的。L 笑得更大声了,我喜欢看到她笑。她有超强的幽默感,除了我故意逗她笑的时候。我的招数对她完全不起作用,有时候还会惹她发火,我也知道为什么。我讨厌惹她生气,这种时刻我不知如何是好,于是干脆什么都不做,不然便会沉溺其中。我从未吼过 L,除了两回,然后我便受其影响。我没有意识到:当我自以为已经从中解脱时,那种影响其实还在持续。正受影响的时候我们自然无法摆脱它,只是自以为获得了自由,在几分钟、几小时、有时是几天之内拥有了一种奇怪的自由感。随后,这种感觉便消失了,我们便会问自己,为了享受这几秒钟的自由,为了享受我现在会说是"虚幻的"自由,而去伤某人的心,这是否值得。

当事情无关紧要时,我能大喊大叫一下,尽管说到底事情一点都不重要,我还是非常自豪自己可以大喊大叫。但当事关紧要时,怒气就发不出去,一直伴随着我,让我精疲力竭。怒气掉头向我而来,使我疲惫不堪,以至于有时候我会在床上躺上好几天,自问为何如此疲劳,于是再服用一点维生素。我觉得肯定是我的贫血症在作祟。有时我甚至得去看医生,他会给我开个验血单,可我的验血结果还是像往常一样,没有任何问题,不过医生还是会让我打几针。我问他我是不是应该把血换一换,他说不用。有时他会让我反思反思，人不能这样子换血，就算换了血，你自己的血也还是会回来。听到他这样说，我一下子就放心了。我可实在不想被换血。

我不知道我为什么这么在乎自己的血液。这是种隐隐约约的感觉，我不愿将它说明白。我确信如果将它说明白，我就明明白白地将我不喜欢的自身的毛病暴露在阳光下了，那么还是让它留在黑暗中吧。这样更好，对很多其他事情来说也是一样，把它们留在黑暗中或许更好。但有时我对自己说，我们需要寻找真相，但寻找什么真相呢？这很重要，当书籍或电影中出现真相时，我们能察觉到它的存在，哪怕它没有被言明，不言明的真相尤其容易被察觉到。当我们察觉到这些晦涩不明的真相的存在时，一些事情会秘密地、缓慢地发生，有时候发生得过于缓慢，以至于我们都想不起它们来了，然后忽然一下子，真相出现了。这是一个非凡时刻，它不会每天发生，但这种感觉非常棒，会让我们忽然感觉到轻松和平静。

明天我妹妹就要走了。我已经开始害怕她离去，我又要单独面对母亲了，只要一有机会她就会抓住我亲我的脸，神情激动，激动到我想转身逃跑。她说起话来也带着十分明显的多愁善感气息，我和妹妹会制止她，及时制止她。

所以她说在这儿，我们不让她说话。那些不是你们想听到的话，我也不知道为什么，她说。如果我们笑了，她会说，看吧，看吧，你们就笑话我吧。但我们需要笑，哪怕傻笑也好。否则所有这些多愁善感都会涌到我们俩身上，我们不知道要怎么办，它太沉重了。

有时这种沉重的感觉会持续数个小时。我和我妹妹都不喜欢这样，实在太久了。但我母亲特别喜欢，仿佛这种感觉能让爱存在。

爱存在吗，我不知道。或许存在吧。某种爱。我不知道。

有时我觉得应该给母亲养一只狗，不过她不想养，因为会有雨天，她害怕摔倒。

我在母亲的大公寓里给自己找了个小房间以便关上门写作。房间狭小逼仄，到处咔咔作响，不过我倒是不介意。

我有了一个避难所，可以写作，可以开着窗户抽烟。

妹妹说，不能让母亲闻到香烟味，不然她就会想抽烟，她的心脏脆弱，一抽烟就完了。

今天我妹妹带她去了美发店。这是她出院后第一次外出，第一次外出就去了美发店。

看到自己邋邋遢遢，她受不了了。

是的，这个曾经如此美丽的女人头上只剩下了几根竖着的头发。对她而言，不再美丽是件很煎熬的事。我明白。就算有时我并不想明白，我还是几乎能够明白所有事情。

所以，我很伤心。

然后，又到了餐桌旁。

午餐时间。

还没等坐下来吃饭，她就问我们明天要吃什么。她其实想说妹妹走后我们吃什么。但她没这么说。

她觉得我不会做饭给她吃。

我跟她说，我会做。她说，平常我来的时候都是她做饭，我走过来的时候她想再亲亲我，我躲开了。我突然觉得自己很残忍，很蠢。说到底，这又有什么关系，其实我本可以让她亲亲我的，那样她会开心。

但是像这样非黑即白地去看事情还是会让人受不了，为什么我还是个老大不小的孩子呢。

这就是我为什么没能拥有自己的生活。

唯一能拯救我的便是写作。尽管有时候那也还拯救不了我。

然而，当我写作时，我写的仍然是她。这并不是一种解放，不像那些不写作的人想象的那样。不，这不是解放，不是真正的解放。

她坐在桌旁，眼睛合上了。

是的，做头发让她很疲倦。

吃完饭，她马上躺到沙发上。睡着了。

我心情沮丧。过一阵子就会好。明天就会好。哪怕我心情不好，我也不会回复C的邮件。我自认为很强大，可以对此毫不在意。可是当没有邮件的时候，我又在等。我不去想C，她应该也在等。我只想着自己，想着自己该如何扛过去。

现在，在重新读过她当时给我写的邮件，以及后来的全部邮件后，我后悔了。不是为我们分手而后悔，不是这样。而是因为当时没有对她真诚以待。

我满腔悔意，想告诉她我很后悔。但我知道一切都太迟了，或许保持沉默才更好。这一回我需要为她考虑，而不是为自己。

我满腔悔意，但我只是后悔那些邮件，并不后悔其他。

这是我们第一次分手，我本应该坚持下去。

我坚持了一段时间，然后她不期而至，来到我家，我没能让她离开。只是问她来这儿做什么。我并不高兴。她仿佛什么事都没发生一样，便走了进来。

我本不应该开门。

我母亲来到小房间。

过来一些，过来。我惹你生气了吗？

没有，是我有点问题。

你得解决问题。是的，我会解决问题的。

我便睡了。

我躲在随便哪个房间里，然后又对自己躲藏的行为感到羞耻。

我回到母亲的房间，她在那儿坐着。我试着找点话说，便开口问道，你的书看完了吗？

没有，我看不了，我眼睛痛，看不清。

我不应该问她，她的书看完了吗，我本应该料到是这样的回答。

我在那儿待了一会儿，便重新躲了起来。后来哪怕我躲着，我也能感受到她在，所以我对自己说躲起来也没用，还不如回到她平时躺着或半躺着的房间里去。只不过一想到这儿，我便倍感痛苦。

我痛苦不堪，流了几滴眼泪。我擦掉了眼泪。

我又回去了，仿佛赴一场葬礼。

我再一次感到羞耻。

我任由自己在母亲一成不变的生活中逗留了一阵子。过两三天这样的生活是有益的。

冰箱里有吃的，我们在干净的厨房里吃饭，吃饭的时间是固定的。

不像在她家里，她的冰箱总是空空如也。除了很例外地，她会突然想拥有真正的生活。

不过这也极少发生。哪怕她下决心要拥有真正的生活，她也不一定能做到。

对她而言，上街、逛超市，以及打电话、晚上同朋友出去玩都是几乎难以完成的任务。

当她有约会需要外出时，经常一到下午就说我不去。我去不了。我不想去。到最后她会打电话编造个理由，说下周再约吧,虽然不确定下周自己会不会赴约。

有时候她会干脆赴约,特别是大家来接她的时候。

但大多数时候她都会躺下来,吃上安眠药,睡觉。

这大概可以解释为什么她在纽约最好的朋友,会对她说,当她跟他讲述她新遇见的人时,简直棒极了。这个男生或许是她在世界上最好的朋友,他对她说,你会拥有新的生活,让一切重新来过。但她太年轻,并没有当回事。我在刚刚遇到她的时候,并没有告诉他我们是怎样认识的。我很难为情。我说,她很美,不可思议,很有智慧。他说,那就来,和她一起来。是的,我会去的。

她看起来像李子干,也像羊羔,我很难说清她到底像哪个。

你爱她吗?是的,我想是的。是的,我想我爱她。我或许爱她。我也不知道。

她听我说着。

我不停地跟她诉说。

我本不该这样。

一切都始于一场关于光速和广岛的讲座。那位来自尼斯的物理教授说，已经倒在地上的、已被埋葬的尸体，它们的影子到现在依旧嵌在城市的墙上。

我忽然觉得自己应该在我的图像工作中重现类似的东西。这是我必须要做的事情。

随后我妹妹从墨西哥来看我，给我注册了脸书。

一切就这样开始了。

我看到人们正谈论影子，就回答了一下。

当这位大教授从房间里出来时，我很想跟他谈一谈，可他看起来不好说话的样子。如果他不带着这副神情，或许什么都不会发生。或许吧，我不知道。或许我单纯只想借这个理由去跟一个我不认识的人搭话。但我不那么认为。交流非常有趣，第二天我们又再继续。不过这次是在脸书上进行的。我当下试着再次寻找这段对话，可脸书很讨厌，那段对话已不复存在，我也记不太清。

无论如何，一段时间后这段对话变味儿了。谈话中不再有关于影子的讨论，出现了越来越多的"回头见""亲亲你""我也是""我也是"。还有什么，当时就是这些话。对，虽然那时是这些话，但一切都可以在瞬间改变。我颤抖着写下我的全部心声，等待她起床。我守在电脑前，忽然看见屏幕左边她名字旁边的小绿点亮了，交流又开始了。一切都热烈、动人、迅速，一切都在加速。我很开心。

多么令人难以置信。原本我们可以这样继续下去，就这样保持文字往来。原本就应如此，我或许会开心一辈子。直到有一天我们想要见面。这个想法原本可以一直是个愿望，我们可以用文字互相袒露见面的想法，不停倾诉有多渴望见到对方，互相坦白想要见面的原因。我那时真开心，那足以令我满足，但我感到这个想法仿佛存在于我身体的每个角落，对她来说也是一样。我们已经互相诉说过如果见面的话我们将会如何亲吻。那些亲吻仿佛已经落在了我们身上，对这段关系来说，这原本应该已经足够了。我会重温一切。每天迫不及待地起床，满脑子都是我们说过的话；躺下时也在互发消息，分享歌曲和她发给我的那些诗。我感觉我们像两个相互分享诗歌和歌曲的15岁小孩。我在听歌时也会跟着哼唱，尤其是《我可笑的情人》和《砰砰》，至于那些悲伤的歌，我则会唱得声嘶力竭。

我一遍又一遍地唱着那些歌曲。这段关系本该停在这一步，那时我的心在跳动，我的身体也在活着，多么幸福啊！尽管这样的我已经很幸福了，我还是会反复想着，而我们也对彼此越来越多地说着，我想、我想、我想见你。

直到有一天，这个想法成真。

她写邮件给我说：下周我看看能不能抽出两天时间去看你。我觉得这对我们俩来说都是一件好事。别再看你新的脸书朋友了，否则我会吃醋的。别当真啦，我只是开个玩笑。

给你大大的吻。

我本应该起疑心的，但我那时只以为她在开玩笑而已，便一笑而过了。我要是早知道就好了。

直到最后一秒，她因为身体原因不能前来，我才稍稍松了口气。她长了一个位置不太好的囊肿，有时会反复。

我稍稍松了口气，却不知道为什么。又或许我已经知道原因了。

后来她跟我说，你还是来吧。我答应了，后来又反悔了。我很坏，你会受不了的。她说不会，她可以忍受很多事情，她可以忍受我的坏，也可以忍受很多其他的事情。当人们如此平静地向我保证他们可以忍受我的坏时，我本应该知道他们说的并不总是真的，特别是她说她还可以忍受许多其他事情。

然后又有人对我说，去吧，你又不冒什么风险。我便去了英国，她住在那里，在伦敦二区。那是一个看起来到处都一样的街区。

我本不应该去。

母亲今天在抽泣中醒来，哭得好像要断了气，几乎像在尖叫。我想马的嘶鸣大概也是这样。但我对马知之甚少，对大自然也几乎一无所知。不过我知道，人们身处大自然中时能够更加顺畅地呼吸,我应该到大自然中去,只是我不知道大自然在哪儿。

我知道,母亲哭泣是我的错。其实我感觉无论是不是我做错,错误总是在我。不过这次我真的错了。我再也无法忍受待在那里,我藏起来,躲避着她,她可以感觉到。

我努力表现得亲善、温柔,她差不多平静下来。

我紧紧挽着她的手臂,陪她绕着街区遛弯。她双腿颤抖着,我们慢慢地走。

天终于放晴。她已经七周没出过门了。

走了几步后,我们俩坐在露台上晒太阳。露台在一个十字路口处,街上来来往往的汽车很多。她面向太阳,闭上了眼睛。她很美,很幸福。

她说,真舒服,真好。我太需要阳光了。

对,很舒服。我说。

太阳真烤人,我开始出汗,开始厌烦十字路口的繁闹和烟尘。她呢,她没出汗,正在痛饮阳光。

她面朝太阳,闭着眼睛,似乎在微笑,神情十分专注。这是阳光导致的。

她的眼睛很干涩,因而眼科医生建议她戴上太阳镜,

她便照做了。她一直很听医生的话。我看得很清楚，她正闭着眼睛，面对着布鲁塞尔的阳光。

　　我说，我们走吧。她说，再待五分钟。

　　我没说什么，继续等她，等待时间流逝。

　　终于我们站起身来，她的腿依旧颤巍巍的，而我则是满头大汗。我们回去了。

　　她对我说，你在躲着我。

　　我想着，她说话了。她终于开口说话了，说的还是事实。

　　我很高兴。

　　她没跟我说我爱你。

　　我终于可以呼吸了。

我去医院看她的时候,正是她半夜从床上摔下来那次。那是她心脏手术后的那一年。尽管过程痛苦,但手术进行得很顺利。那次手术后,一切都变得混乱,我记不清到底是什么时候,她从床上摔下来,不得不再次住院。那次,她对我说,我不想看你穿一件脏兮兮的衬衫,你再这样我就揍你。她语气十分凶狠,让我震惊不已。她边说边握紧拳头朝我挥来,好像真要揍我一拳那样。

我感觉她这股怒火已经克制了很多年。她给我的,以及她从我身上掠夺走的所有亲吻都只是为了这件事。我让她感到难堪。我,我的不修边幅,以及我未经打理的头发,所有一切都让她感到难堪,都伤害了她,都让她感到非常不安。只要没有未经熨烫的衬衫,只要没有令人沮丧的事,这会是个平顺的世界,非常平顺。

她想揍我一拳,并且说了出来。我很开心,虽然不太明白为什么,只是我感觉终于发生了点真实的事情。我感觉自己要摔倒了,但我很开心。

真好,我感觉很好。我笑了,没当着她面,且在事后。我让她感到难堪,至少她把这件事说出来了。

关于我的新闻报道和我的电影能够稍微改善她对我的看法,但也不是完全有用。她会剪下报纸上的文章保存起来,倘若报纸上的我能把头发打理好,那就更好了。是的,确实会更好。

当我穿着破破烂烂的鞋子去见她时,她偶尔会说她再也不想看见这双鞋子了。

还有这件夹克。

在餐厅里,当我用手指蘸酱汁的时候,我感觉她简直会爆炸。

我说,你少管我。不行,我不能不管你。

我真的非常想用手指头蘸酱汁。此外,餐厅的角落里若有她认识的人,她就会热烈地拥抱他们。

然后她会跟我聊他们的事情。其实不是为了聊他们,而是因为这些人爱她,他们在她又年轻又漂亮的时候就相识了。

她的这些老相识都是和她一样的老人。这是些上了年纪的犹太人,衣冠楚楚,身体比她好。

他们不是大病不死的幸存者。大多数老太太还有很多头发,听力也比我母亲好。

他们都给了我母亲建议。他们中大多数人的孩子是医生,会给他们提建议,所以他们比我母亲懂得多。

所以这些人都很清楚我母亲的状况。他们知道心脏病、胰岛素、透析的事情,也很喜欢谈论这些。他们有时也会谈一些别的事情,不过很少。他们最后会用医生的口吻说,你心脏不好,就不要飞去墨西哥看孩子和外孙了。

心脏科医生倒是没有禁止她坐飞机去墨西哥。

说到底，她也没有真正听懂医生的意思。医生跟她说过你的瓣膜已经萎缩了，这在你这个年纪算是正常。

而后她在飞机上经历了第一次心脏病发作。这次发作救了她。飞机上有位年轻的医生立刻告诉她，她需要做手术，这救了她的命。我妹妹甚至是到飞机上去接她下来的。

不久后她便被送到布鲁塞尔的医院接受手术，并被救了下来。如果没有这次手术，她的主动脉也许会在不知不觉中继续缓慢变窄，一直变窄，直到一切结束。因此，母亲很幸运，非常幸运，但一切还没结束。一天，当我们以为一切都在变好的时候，我在隔壁房间关着门睡觉，突然听到雷鸣般的一声巨响。

我起身去找她，看到她躺在地上，她摔了下来。她动弹不得，躺在床边的地毯上。可能是她想去卫生间，结果有什么东西绊到她，她就摔倒了。我吓坏了。你疼不疼？她也不知道自己疼不疼。来，我来扶你重新躺到床上去。她躺到床上还是没什么感觉，或许她摔得并不重。

我给她盖好被子，再次问她疼不疼。不，她跟我说，一点都不疼。我回到床上，担心她的情况，却也没有特别在乎。但我还是吓坏了。我心想，这次她没受伤，但如果再次发生这样的事，后果可能会很严重。她撞到了头，如果撞得再重一些，真不知道会怎么样。我躺在床上，心脏怦怦乱跳，最后平静了下来。

一个小时后，她痛得叫唤起来，我再一次把她送到了医院。从那天起，她再也不能活动她的左肩了。

也是在那周，在医院里，她冲我挥了拳头。

在我母亲年轻时，我特别地爱她。

她，她的青春，她的美丽，她的衣裙，尤其是那条带着金色和橙色宽线条的夏款连衣裙。她光芒熠熠。她让我帮忙拉上拉链，我喜欢帮她。然后她会问我好不好看。好看，你太美了，这条裙子和你很搭，因为你的眼睛是黑色的。

我跟她说话，什么都聊。

我常逃跑，特别喜欢跑到海边。他们会找到我。总会有人找到我。

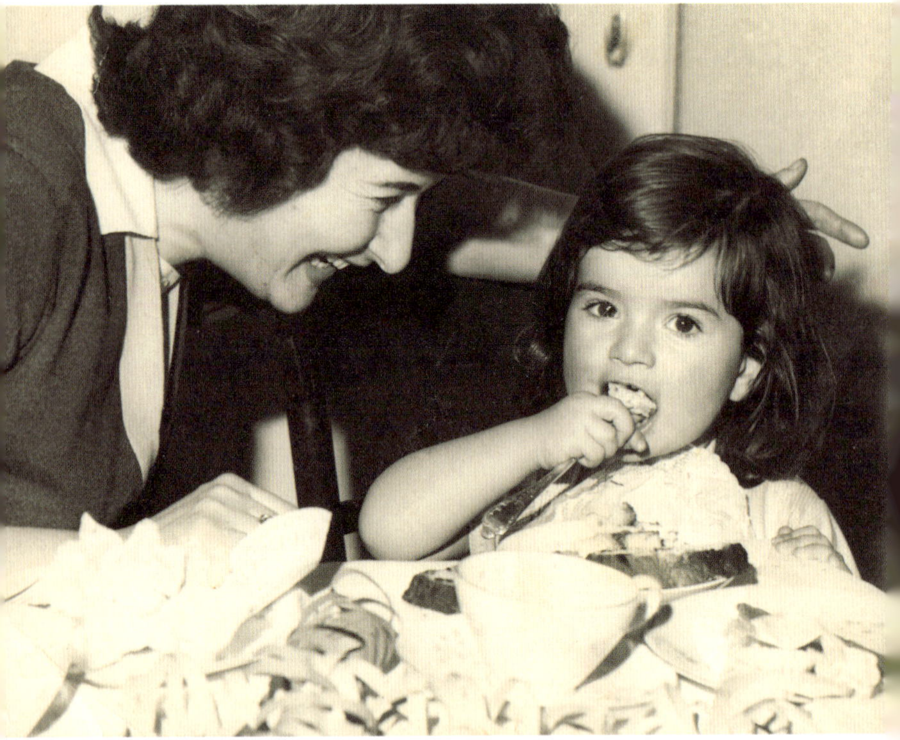

我爱她，但我吃不下东西，我总是会把身上弄脏。我会沿着海滩走上几个小时。

她穿着一件维希式蓝白格泳衣。我们坐在沙滩上聊天。我想要个弟弟。你会有的，弟弟或妹妹。

我有了一个妹妹，我并不懊悔，只不过起初有点失落，就一点点。很快我就爱上了她。她真是个小李子干。

我妹妹现在生活在墨西哥，我们经常在 Skype 上聊天。她说，她不喜欢 C。她说，她没有让你幸福。

但是 C 希望我跟她在一起时能够幸福。

C 喜欢看我笑，喜欢看我跟她一起享受生活。

实际情况却恰恰相反。恰恰相反。我们并不幸福。

不过那是在纽约。在此之前，因为我们几乎不见面，烦恼还没来得及扎根生长。在纽约，问题出现了。

她喜欢看我笑，而我给她的回应却恰恰相反。我不再笑了，反而开始哭泣。我不再说话，只剩下窒闷的沉默。我不再犹豫。我厌弃了自己的和她的身体。

我怎么会不懂。

我们在电视上看电影，只看我们点播的电影。看着电影，我们才能继续活着。我们需要电影来过活，虽说不像一开始那样，但还是过着日子。偶尔，我们会互相抚摸，甚至有点彼此相爱，就只是相爱。偶尔睡觉，极少。失眠吞没了我们。疲倦，泪水，略微心不在焉的微笑，都熄灭了。

一天，她对我说，我记得在伦敦我给你开门的时候你的笑容。有了你的笑容那就是美好的一天。但是当后来我跟你开玩笑说我只剩一半还算是人，为什么你会说你得忍住不呕吐出来？坦白说，我不明白。我什么都不明白，却已经开始怀疑自己。我便开始沉默。后来，我明白了。我只剩下半个人，是因为另一半的我还在我的前任那里。我还是离不开她，就像她曾经要求我做的那样。

我仿佛被活生生地剥了皮，骄傲，自豪，胆怯，整个人被情绪淹没，我只是揭开了她的伤疤。我站直身子说，我不爱你。我不再爱你了。

这不可能是真的。

不。是的。不。是的。

有一天她曾说，我给了你一个家。这是真的，我甚至从未留意过。

是的，快递员接连不停地按响门铃，给我送来东西，让我有个家。他们敲门的时候，我会说，又来了。

她在流血。我并不知道。我什么也没看到。甚至连她那张忧郁、俊美，现在又带些悲伤的脸也看不到了。甚至连她的眼睛也看不到了，一双瞳孔正变得模糊。什么也看不到了。我甚至没再转向她，没有，甚至没转向她。

她审视着我的一举一动，研究着我说的每一个字，观察着我打的每一通电话。

她说，你不会相信，我知道你一个人在街上的时候会打电话给在巴黎或在别处的朋友。

我回答说，是的，如果我当着你的面打电话说"我吻你""我也是"，我们会争吵。我受不了。

只有在影像面前，我们才会互相环抱，才会说说话，或沉默着，直到天色将明。

然后我们会喝咖啡，喝到胃疼。

然后她一次次拿洋甘菊茶来给我喝，配一小块糖，这糖就是快递送来的。

我母亲出院后，跟我说的只有医生、疼痛，还有谁陪她去机场的事。

以及谁给她打包行李。

她自己做不到了，这次是真的做不到了。她的双手因患关节炎而变形，双脚也已经开始变形。

髋关节也感到疼痛。

她的眼睛因为干涩，要么流泪，要么泪液不够。还要为了保护骨骼而天天在大腿上打针。

如果没有这针,她便如同沙子做的人,再也站不起来,只能是躺在床上的一摊沙子。

但她会坚持住。她清楚这一点,我也是。

她有时候会漫无目的地说一句,我不太会说波兰语了。没人要求她说波兰语,她只是突然想起来,便说出了这句话。

至于为什么,我也不知道。

有时候大家会要她说波兰语。这也是有的。那些知道她来自波兰的家庭护工,还有那些还记得她出身的人有时会要她说波兰语。

但所有和她从波兰来的亲人都走了。所有人都以这样那样的方式离开了,她也不再跟任何人说波兰语。她已经不会说了,总之没有以前说得好了,只会偶尔说几个词语。我知道她会说的比这几个词多,但出于某种原因,她说她不记得了。

我一见到波兰人便会脱口而出那三两个波兰语单词,波兰人会很开心,但仅此而已,只用这几个词是无法将对话进行下去的。我一见到俄罗斯人就会说出我认识的那十个俄语单词,我很开心,也很骄傲,好像自己是世界上唯一一个认识这十个单词的人。俄罗斯人回应我时,仿佛我会至少一百来个俄语单词。我瞪着他们,摇摇头,不过看起来好像或多或少听懂了一点。然后他们开始越说越快,我慌张了,用俄语说"y a nie paniemayou[1]"或"ya nie rosumié[2]",我听不懂。我不知道应该说哪种语言,波兰语,还是俄语。当我在路上听到有人说希伯来语的时候,情况会更糟糕。我用希伯来语说"chalom ma nichmah","你好吗",他们会回答"好",同时不看我一眼就跟我擦肩而过。我感到很受伤。我想跟他们合得来,告诉他们我小时候在迈蒙尼德学校学过希伯来语,如果我懂的有限,那都是我父亲的错。

再说,错误总能归咎于某人,我父亲犯了很多错,哪怕现在我觉得他是个圣人。

我知道这不是真的,但他也不坏,虽然我花了很多年才明白这一点。在此之前,哪怕所有人都说我父亲是个好人,我都不会承认,不完全承认。后来,我承认了。直到我生病,我才明白父亲是个好人。我生病时什么语言都说,特别是像希伯来语那样的已经被我遗忘的语言,我重新记起了它,我读着它,仿佛从未遗忘。哪怕没有必要,我也是一有机会便咕哝着说。

我搭出租车时,如果遇到阿拉伯裔司机,我偶尔会试

---

[1] 用法语模仿的俄语发音,意为"我不知道"。——译者注
[2] 同上,意为"我不是俄罗斯人"。——译者注

图说服他相信阿拉伯语与希伯来语同源。我会骄傲地说"yahad"和希伯来语的"ehad"是一样的，意思是"一"。出租车司机并不总是买我的账，不过有的司机会相信。我也不知道为什么，我高兴地在车后座直跺脚，然后我就欣赏起巴黎的风景来，眼里的巴黎显得风光旖旎，特别在车马如龙之时，虽然偶尔会不耐烦，但我还是有时间好好欣赏巴黎的风光。我的不耐烦大多在交通过于拥堵之时发作。即便交通不是很拥堵，我也需要透透气才能驱散心中的不耐烦。有时纵使我透了口气，我的不耐烦也在不停地增长，我便会跟出租车司机说，让我在这里下车。

说到底，就算父亲曾经跟他在加拿大的姐姐说，他的女儿是个另类，与众不同，我也明白他是爱我的。我不知道他知晓我是个另类，我自以为对他隐瞒得很好，但他还是看出来了。这让他很不开心。或许正因如此，他对我总

是无话可说，我对他也是沉默不语。这是一种窒闷的沉默，如人们所说，满载着不言自明的暗示。但这些暗示最终还是被听到了，我因此也成了一个与众不同的另类。

再说，就算有错的话也是他的错，何况说到底并没有错。他多想能有个儿子而不是我。我心安理得地认为这是他的错，因为除了他我还责怪我的母亲，责怪全世界。我曾经跟我的叔叔说过，如果我母亲没有天天抚摸我、抱着我，或许一切都会有所不同。不过也许事情也还是一样，这不重要，没那么重要。何况这对现在的我而言根本不重要。总之，还是太多了，所有这些爱抚都太多了。我们永远不知道什么程度算是过度，或许我们知道，却认为那并不过分，还有更糟糕的。

我不认为自己是一个另类，也并不与众不同，完全不。我只是有一种样子，一种属于我的样子，我自己的类型。虽有些不修边幅，但我喜欢这样。我喜欢别人整齐利落，可于我而言，相较于衣冠齐楚，我感觉不修边幅的样子与我更加相称。我觉得我的不修边幅有一种独特的风格，完全属于我。后来，不修边幅变成了一种习惯，我不再考虑我的样子，也不再考虑我的风格，我就是这样，仅此而已。与众不同。

或许如此吧。

曾经还有过其他的另类女孩儿，我们相爱了，就这样相爱了。一九六八年五月，我十八岁，我的风格流行了起来，一切变得"正常"了。虽然我不喜欢"正常"这个词，但我不得不这样描述。我更加喜欢"不正常"这个词，因为我们能够在"不正常"里听到"正常"，我真的不想听到后者。

有些词语就是这样，黏在喉咙里，让人无能为力。我太清楚这种感觉了，坦白说，一点也不舒服。得慢慢开始呼吸，并持续一段时间，至少二十分钟。假如我们能真的专注于自己的呼吸，那么二十分钟后这种不适感通常会消失，但我真的很难像那样呼吸二十分钟。

最后，当我的风格几乎成为时尚的时候，人们再也不用费神对我的风格品头论足了，也无须要求我穿裙子。我的身材决定了裙子不适合我，我太矮了，所以穿进去的时候，裙子的腰身在我的胯部，我的胯进不去裙子的腰身。我很害怕穿裙子，真的非常害怕。我会说看啊裙子就是不适合我，最好还是让我保持自己的风格，保持我的类型吧。可挺合适的啊，挺合适的，裙子再改一改就合适你了。不，改过的结果总是很糟，我穿着改过的衣服到处走，别人总能看出哪里改过，这比什么都糟。

我有时觉得他们想要修改的其实是我这个人，我的意思是说他们想要让我改变一点，那样的话一切都会好起来，有时我也想改变我自己，但是都没有用。

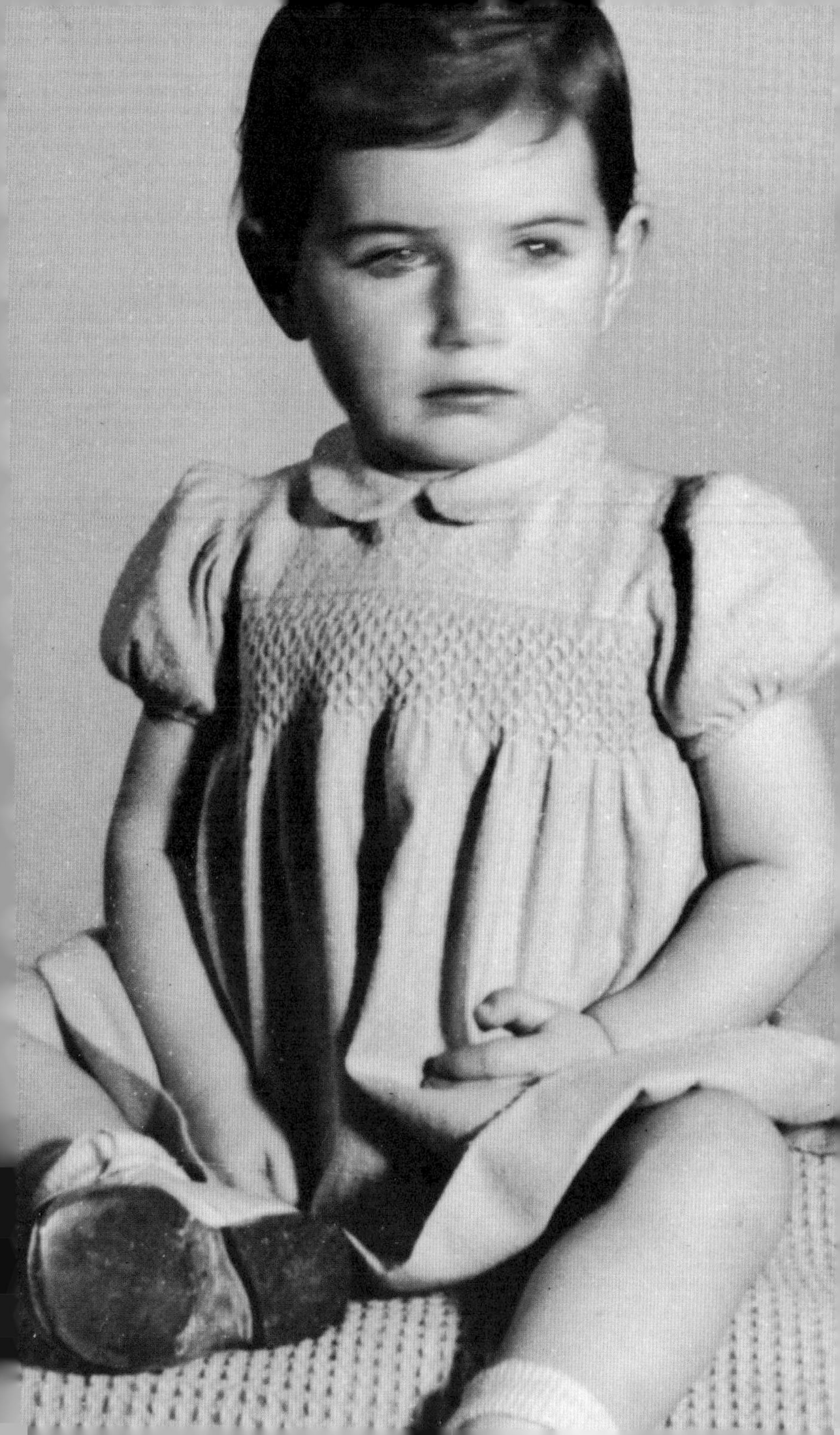

她总是重复着同一件事，当我跟她说你已经告诉过我时，她就生气了。

我不能在这里说什么，因为我一说就会被打断，她不让我说下去。

下次她再重复的时候，我什么都不说了，我只是叹气。

我不清楚她是否注意到了。

她什么也没说，继续讲述她在出租车上以及在机场时的见闻，讲述医院里一个有钱女人身患癌症的故事，讲述医院里一个八十六岁高龄的男人摔倒在公寓却并无大碍的故事。现在大概不一样了。那时他还能散步，胃口也很好。

下雨了，下雨了。可现在正是夏天呢。

我正为母亲的离世做着准备。要怎么做呢？有人问。我试着想象失去她的自己，感觉自己还是会好起来的。

不是为了她。是为了我。或者颠倒过来。

似乎人们并不能真正为亲人的离世做好准备，所以我只是在浪费时间罢了。

她，她极渴望活着。

那么你呢？我，我不知道。

她说：我在医院被骗了。他们告诉我这是个小手术，现在我明白了，其实恰恰相反。他们会动我的心脏。

你别担心。

她叹了口气，说没关系。

然后她不知不觉呻吟了起来。

我离开房间。

我回到房间里，问她为什么呻吟。

我在呻吟吗，不，我没有呻吟。

她听不到自己的呻吟声。

她正在等家庭护工。她总是早早就开始等，甚至提前好几个小时。并且，无论她是要去哪里，还是哪里也不去，她都很早开始准备，尽管现在她很少去任何地方，几乎就不怎么出去。大部分时间她都待在家里。但即使在家，她也总是提前就等着。就算在没什么可等的时候。

她说，过来，我们聊聊天，你什么话也不说。

好，来聊聊吧。聊点什么？什么都行。

来列个购物清单吧。

我叹了口气，还是到厨房里去，坐到了她面前。这样的对话总是在厨房里发生。

一袋很粉糯的土豆，白奶酪，黄油。其他的她就不知道了。水果，但水果没什么味道。还有白奶酪，你已经说过了。是的，我需要白奶酪和全麦切片面包，我把白奶酪抹在面包片上，加点盐和胡椒粉，就够我晚上吃的了。

早上也是，不过早上我会加点果酱。对，这点我也知道。

圈套在收紧。

我们一起列了清单，她有点兴奋。

我重新回到我写作的房间。

她进来了，喊着我的名字。是的。

我们的购物清单漏了什么东西，你加上去吧，但我记不起来是什么了，我忘了。

我无意识地说，还有切好的蔬菜，做汤用的。

对，就是这个，我午餐总是需要一道汤。是的。

说话间我已经写不下去了。

我必须要写作。

写作时，我比较少听到她的呻吟。

每天来的护工都不一样。

每个护工都有自己的专长。她们都做一些家乡的特色菜来吃，我母亲很高兴。吃古斯古斯的日子她很开心；吃玻利维亚菜，她也很开心。她总是很开心。每次她都会说，你们国家的人吃得真好，我这辈子都去不了，太可惜了。之前我也会去其他国家，但主要是去看望亲戚，不算真正去了那些国家。我女儿需要展映她的电影，经常到处旅行。

她甚至去过日本。她没怎么跟我说过，只是说日本很

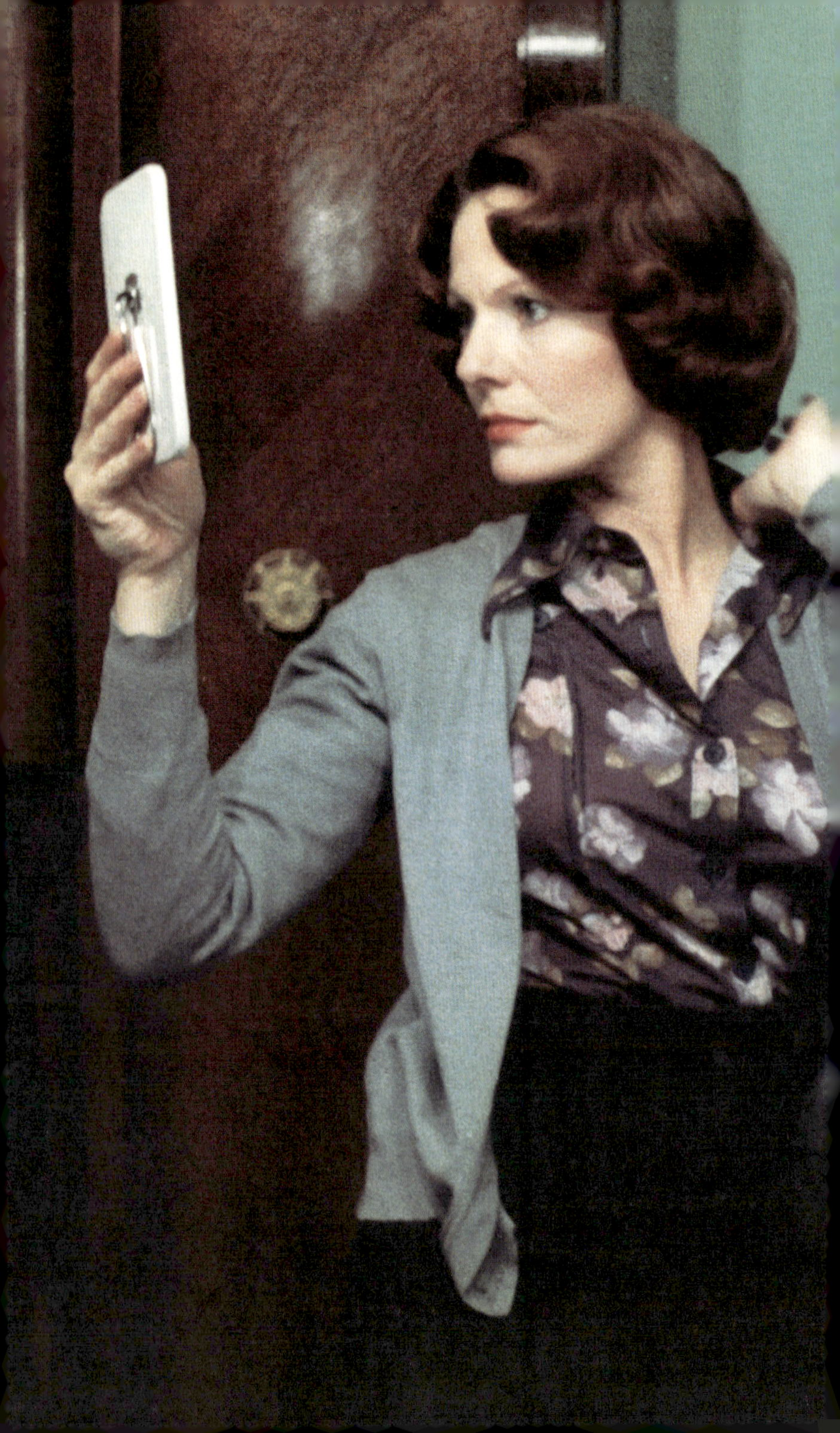

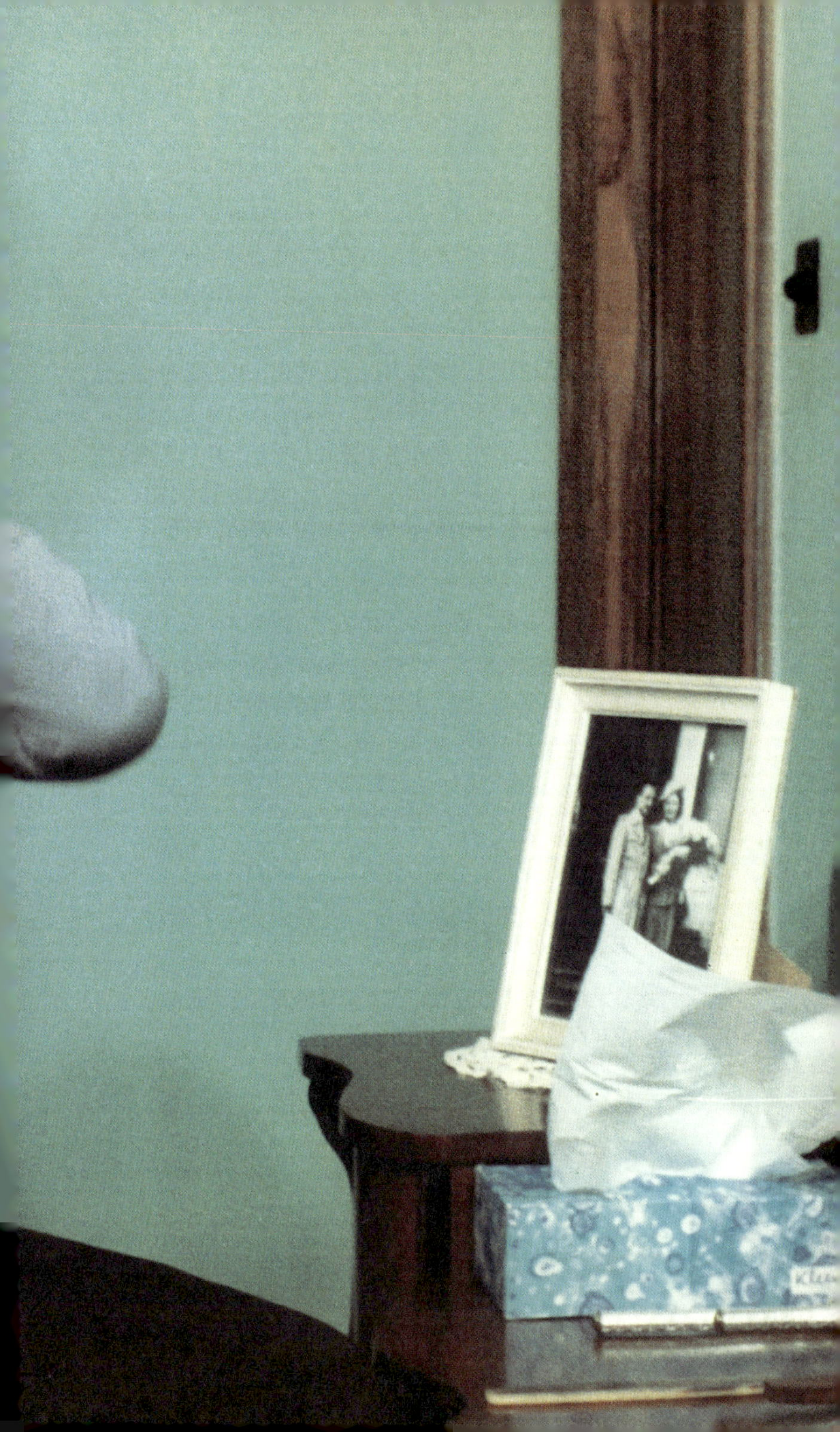

远。至于柬埔寨,她也只说那里很美。但我知道,关于柬埔寨和日本有很多很多可聊的,但她几乎什么都没讲。她只是说,她在柬埔寨感染了一种病毒,好不容易才治好。至于中国,因为她也去过中国,她说她在那儿只停留了八天。中国现在很摩登,到处都有巨大的图像,甚至会在船上投影图片。她给我看了一段视频,视频里正是晚上,只能看到图像在船上晃动,船在水上漂着,还有一直在播放的音乐。我跟她说,那里一定很"欢乐"[1]。她说,我不会用这个词语来形容。音乐很欢快,很有氛围。是的,可以这样说。

结果她在那里得了绦虫病。我很好奇她吃了什么。她总是不注意,经常会发生感染绦虫、病毒之类的事情,就像在柬埔寨生病那次一样。大家告诉她不要下河游泳,她偏要去。她还撞到了头,扭伤了脚。大家劝她穿高帮鞋,她大概是忘了。

她总是这样。

护工一来,母亲就不再呻吟了。

她总是把呻吟声留给我,或者是留给她自己,虽然她没有意识到这一点。

一旦有人来,呻吟声就停止了。

我又活了过来。

---

[1] 原文用词: gai。有"欢乐的、同性恋的"双重含义。——译者注

早上我睡醒以后，我走到她房门口，想看看她是否还在呼吸。

她的呼吸很沉重，很艰难，但她还在呼吸着。

她的身体那么瘦、那么小，裹在被子里。我的心揪住了。之前的她不是这个样子，但现在是这样。我告诉自己，这样的事情就是会发生，或许以后也会发生在我身上。

她又开始说梦话。她说，哦，不要，哦，不要。说了好几次。接着发出一种尖叫，然后平静下来。

我离开她。我要把自己锁在另一个房间里，离得远远的。但我还是能听到。

她总是敞着她房间的门。

我去把她的门关上。

好些了。

她睡觉时发出的噪音减轻了。

我再次对自己说，必须要为她的离世做好准备了。我不是觉得她就要去世了，而是我自己需要做好准备。

我试着想象她去世后我会有怎样的感受。

我感觉不到任何东西。

或许我已经准备好了。

或许因为我觉得她不会离开,所以才没什么感觉。

我避开她躲在小房间里写作,有时她会到我的小房间来。她突然到访,嘴里喊着什么。我心想,我要弄死她。

那很简单。到底是什么阻止了我?

阻止我的正是我自己。

我对自己说,她来我的房间只是需要跟人说说话,我能理解。是的,我理解这种事情。她总是需要跟人接触,她就是这样,说到底这是件好事。

我对自己说,这很好,非常好。

她喜欢说"你好吗",也喜欢说"我很好"。有时我在电话里听到她说"不是太好",但在此之前,她会先说一句"很好"。我跟她说,你的声音很古怪,她回道,她很累。我说,每到季节交替的时候你都会感觉很累。随后我们就谈起了季节。我觉得她冬天不应该待在比利时,那里的冬季太恶劣了。只不过她现在觉得没有力气出行,我理解。

我跟朋友出去了一个小时。

等我回来时,她跟我说,L给你打过电话。

好,我会给她回电。

L跟我说,你母亲觉得你在躲她,说你感觉自己在蹲监狱。

我母亲说得对。她明白了。她全都明白。

她真的用了监狱这个词吗?

不,她说的不是这个,我不记得是什么,但她的意思是监狱,总之我的理解是这样。

我拿起一本侦探小说来分散注意力。故事并不吸引人。故事发生在法国外省。那里有潮湿的街道。我更喜欢故事发生在洛杉矶,洛杉矶更大,不仅如此,那里还有谋杀案、郊狼、高速公路。炎热。

那里更大,没那么潮湿。

我能分散注意力了,终于听不到她的呻吟了。

表妹从加拿大打来电话,跟我诉说照顾年迈的父母是多么艰辛。我喉咙一紧,只得勉强回答是的。然后含混地跟她说了一句"现在不是时候",几乎让人听不清,我们回头再说。

她没听见,我又重复了一遍,"我们回头再说",声音稍稍大了一点。

我们的对话在家里传开了。

大家都说应该把她送到养老院去。

现在的养老院条件很好,现在大家都称养老院为庄园,甚至有些前部长也会去住。

我说,再看吧。

但我知道,其实不用再想了,她不会去住养老院的。

我看着她,我知道她不会去。

她不想去,也不会去。这一点毋庸置疑。我母亲,这袋骨头架子,她依然觉得自己是一个人。于她而言,养老院是用来摆脱人的,是给等死的人准备的。

她没在等死,也不想死。这一点毋庸置疑。

她不想离开自己的公寓。

她喜欢她的公寓。她对这间公寓一见钟情,从那时起她便一直爱它,越来越喜欢。这是她第一次拥有这么好的公寓,有那么多房间,这样孩子们偶尔过来的时候,她就有地方招待他们。她喜欢这间公寓的一切。

厨房必须要非常干净。

但你还想让这间简陋的厨房变成什么样子呢?它已经

很干净了。

是的,但它得非常干净才行。

我拿了根烟去阳台上抽。烟灰掉进了一楼邻居家的花园里。

当一个句子以"非常干净"结尾时,唯一能拯救我的便是去阳台上抽根烟。

我听到她还在说非常干净、闪闪发光、无可挑剔。

我知道她还在说厨房。我听不到孩子们在花园里玩耍的声音。当她说"非常干净"时,我也会感觉自己像聋了一样。

她站在厨房前,差不多直直地站在那儿。出院后她就像一个木偶一样站立,她看着她的厨房。

朋友们来了。大家聊着天。你会康复的。当然。

你看起来比上周好了。

这是理发师的功劳。对,剪头发让你看起来好一些了。几根头发散落在前额上,这样看起来年轻。其实这更糟糕。

第一次出行的目的地就在离家三十米远的地方,但是鉴于她几乎不能走路,我妹妹只好开车送她过去,再开车接她回来。是个美发美容店。现在她换了个新的发型师,理发师建议她把头发留长一点。当她从新理发师那里回来时，她看起来确实不错。

是的，她回来的时候头发已经做好了。理发师成功掩盖了她头上只剩下几根头发的事实。我好奇他是怎么做到的，但他就是做到了。

所以她邀请一两个人下午来喝咖啡，没有局促或羞耻。她的发型做得很好。

我妹妹端来了咖啡和蛋糕。她布置好餐桌，母亲还是太虚弱了。

而我呢，大家让我最好什么也别做，否则我会弄得一团糟，真正是一团糟。比如打碎杯子，打翻咖啡，弄脏桌布，拿着托盘摔倒，甚至更糟。

然后大家重新开始，是的，你的状态确实更好了。你只是需要休息，就是这样。

大家都会问，什么时候做手术。

一个月以后。

一个月，其中一个人感叹道。她们明白，没人说得准她还能不能支撑一个月。

大家都在叹息。大家都知道，这一个月的时间什么都可能发生，她甚至可能会停止呼吸。

昨天，她在电话里说，等待的时间真闷得慌。

确实闷。我希望明天就能做手术。

我没告诉她，之后如果她还活着，她也会闷得慌。在医院的十天是沉闷的，康复的几周是沉闷的，人们称之为恢复期。

我感觉到时候我不会在那儿。

我不想在那里帮她康复。

再说，我也帮不到她。她跟我说的，你给我捣的乱比给我帮的忙要多，回你自己家去。她没完全这样说，但基本上就是这个意思，至少我是这样理解的。

偶尔我会误解她的意思，但并不总是这样。她还说，我明白你在这儿躲着我，我让你很生气。如果我让你生气的话，告诉我。我很确定她是这样说的。我说没有，不是这样的。看样子她真的很想知道我是不是在生她的气。那种语气是我从来没有听见过的。

她变了，我的母亲。我没有。我没告诉她我生她的气，我不习惯这样跟母亲说话。我觉得我小时候从来没哭喊过，再大一点也没有。我不想这样做，或者说我不能这样做，我想这是在生我之前我母亲经历的事情导致的。

我只是说要解决一些问题，做出一些决定，我还在犹豫。

那就快做决定,不要犹豫。不,我说。

我无法写作。

这我帮不了你,我不是作家。

后来有一次在墨西哥,她在一家墨西哥医院住了几周院。她出院后,我妹妹跟我说,她对什么都提不起兴趣,无论大家怎么做都不能让她满意。

是的,她对什么都不感兴趣。她浑身疼痛,这是她在乎的事情,我理解她。尽管疼痛并不怎么有趣,但或多或少也是有趣的。她因患风湿病而行动困难,手、背、肩膀、眼睛、肚子,到处都疼。她的腹部胀着,里面都是气。她的消化能力减退了。她很虚弱,几乎不能走路。只能由别人来帮她洗澡。

她很喜欢洗澡,但她做不到了,她没法自己从浴缸里出来。

之前她每天都洗澡,洗澡能让她放松,洗完后她能感觉轻松好一阵子。

现在,这一切都结束了,完全结束了。而那结束的时间也并不是在多久之前,那是在她为参加外孙女婚礼,坐商务舱去墨西哥之前。

手术后,医生告诉她,现在您可以走路,可以旅行了。大家都跟她说,走路非常重要。但术后不久她便从床上摔了下来,那是差不多一年以后,从那时起她便不能自己洗澡了。

婚礼过后,一切都结束了。婚礼后,她在墨西哥住了几个星期医院。

在那儿,一切都该结束了。

我妹夫说,你母亲很坚强,她非常坚强。

那时我在纽约,他打电话来让我去跟母亲道别。那时我正跟 C 住在纽约。

我那时为了拥有另一种生活搬了新家。我说,我会去的。C 问我她要不要跟我一起去。我说不用,现在还不是时候,下次再说。但我们再也没能等到那个时候,C 一直没有跟我去过墨西哥我妹妹家。

我去银行取钱。我面对柜员的时候,泪水一直在眼眶里打转。那个柜员来自南美,她非常温柔地看着我,我便跟她说了我母亲的事情。她安慰着我,我感觉好一点了。后来我在飞机上睡着了。

我依然在想,那份来自陌生人的巨大温柔何以如此抚慰人心。

妹夫来机场接我。我在等待的人群中一眼就找到了他。从他脸上我看不出母亲是否还在。我们互相亲了一下脸颊，随后他说，我们走吧。

车上两人都很安静。我很冷，街上没有几辆车。那是晚上，天很黑。你想开点暖气吗？你想开就开吧。不，不用开了。

在医院里，我们搭上电梯，也可能没有，我记不清了。或许就是在一楼吧，我不记得了。

我们找到一位女士，她说我们现在还不能进去，这是不允许的。她要先打个电话请求许可。

电话找不到人，她要求我们先等着。但我们等不了了。我们在她面前踱来踱去，我妹夫几次三番要求她再打个电话，她总说再等五分钟。

最后，急救室的两扇门自动打开了，有人从里面出来。

我们偷偷摸摸溜进一条走廊。那个女人尖叫起来。我们没管她，左转进了另一条走廊，然后就迷路了。一个人都没有。我们俩都不知道该怎么办。忽然我妹夫在黑暗中认出了那间病房。即便是在黑暗中，他的方向感也好得惊人。我们俩是先戴上了口罩，还是后来戴上的，我记不清了。到处都是管子和电线。电脑在闪动。还有一个氧气面罩。

当我靠近病床时，她睁开了一只眼睛，她活着。

她还活着。就是在这个时候她跟我说，你从前对我很凶。我妹夫看着我，说她神志不清了。我知道，她没有神志不清。

恰恰相反，她说的都是事实。她没说我爱你。这一刻终于到来了。我已经记不得有多少次了，在布鲁塞尔，她拿拳头打我，她说你在躲我，她说你给我捣的乱比给我帮的忙多。我已经忘了所有其他让我突然能够喘口气的瞬间。

我已经记不清了，但后来我想起来了，我那时很开心。

母亲说的是实话。我那时开心得不得了。我觉得她变了，如果她能活下来，她肯定会变得不一样，我也会不一样。或许会吧。

我想不起来我是如何回答她的。

或许是在第二天回答她的，既然我还要在墨西哥待上几天，第二天肯定还是去医院看望她了。事实上我并不想回答她跟我说的那些话。

我本可以说,对,我以前就是很凶,但那会儿不是时候。事实上,我本应该这样说的。

我想我还是低下了头。我们都沉默了一会儿。

然后妹夫对我说,来吧。

刚跟我说完话,她便又闭上了眼睛。

但她在氧气面罩下呼吸着,安静地呼吸着。

跟我说我对她很凶,这应该能让她感觉好一些。她看起来很平静。

她活着。她能活到哪一刻,没人知道。

第二天,她被送到另一个病房。她不再住急诊室了,而是住进了重症监护室。

我妹妹用西班牙语跟医生交谈。医生们什么都说不出来,他们只是在做应该做的事情。他们只是说她很虚弱。可能是为了让我们不要抱有希望,不要过早抱有希望。我们看着他们的眼睛,想要看出他们是否对我们隐瞒了什么。

但他们很有经验,从他们的眼睛里什么都看不出来。

在妹妹家里,生活还在继续。生活继续着,一直如此。

我妹妹说，她会好起来的。是的，也许吧。她很坚强，她非常坚强，她还不想死，不。第二天，她还在，还活着。

有一天她说，我想去意大利。我们的桌布不够了，我想去买点新的桌布。在意大利，人们在沙滩上卖桌布。

然后她问为什么医生不说法语。妈妈，在这里就是这样，我们在墨西哥，在这里得说"gracias"[1]。

她重复了好几次"gracias"，然后又睡了。但我们感觉她似乎并不明白自己说的是什么意思。

妹妹问我要不要去喝杯咖啡，我们俩留在这里没什么用处。

医院的餐厅灯火通明，我点了一份鸡蛋卷、一杯果汁和一块蛋糕，我实在太饿了。当鸡蛋卷上来后，我却感到一阵恶心。我母亲总是说我眼大肚小，但这次却是我妹妹说的这句话。她说，喝点水，然后我们走。去哪里，我问。回家，我们晚些再过来，妹妹回答。好，一会儿再来，我说。她会活下来的，你看着吧，妹妹说。我小声同意着。她会活下来，我能肯定，妹妹说。确实，不然她为什么会活不下来，我心想，特别是她还想着意大利的桌布呢。为什么她会想到那儿去？是吗啡的效力导致的，妹妹跟我说，人在被注射吗啡后就会像她那样想些乱七八糟的事情，以

---

[1] "谢谢"，西班牙语。——译者注

前我看牙的时候被注射过吗啡，所以我记得这种感觉。好吧，我说，但我真的不知道意大利桌布与此有什么关系。

也不知道为什么她说"gracias"，但她就是在说。

妹妹告诉我，妈妈在意大利的时候很开心，所以她想着那里。那时所有人、所有朋友都还在世，我们全都在一起，就算那时爸爸没有多少钱，那也是我们去到比利时之外的第一次旅行。

我也是，我也记得那次意大利之旅，我一直看着窗外，想看看我是不是能见到P。P是我在学校的好朋友。其实我清楚P不会到意大利来，我不明白自己为什么还那样做。

她会活下来，妹妹重复着这句话。我说，好，我相信你，无论如何我已经准备好了。但万一她没能挺过来，我们该怎么办？

我们得把棺材送回布鲁塞尔。两个人都叹气了。走吧，我们走吧。

我们到家时，那条狗热情地迎接了我们，像只陀螺一样跑来跑去。

我抓住它，笑了起来。这是一只会逗人笑的狗。

就是这样小的一只博美犬，也能逗人笑。

我妹妹也笑了。连女佣们也开始笑。

大家都笑了。没有人知道为什么。

我们的眼睛里都噙着泪水。

桌子已经摆好了。

妹妹受不了了。

所有人都受不了了。寂静一片。

但我妹妹想快乐一点，想邀请人来。她想有点儿声音。

我外甥想出去玩，他想通宵跳舞，喝酒，也许还想遇到一个女孩，与她彻夜拥吻。

我想像他一样，或像我妹妹一样，可是我做不到，只得吃点安眠药。

妹妹说，那么早就要吃了吗，今天别吃了，来跟我们待在一起。不要吃了。我紧紧拥抱着我妹妹，没再吃药。

外甥问他的外祖母怎么样了。妹妹说，她还在，她谈到了意大利桌布，一直说着"gracias"。

她以为自己在意大利，我外甥说。她之前跟我说过，她很喜欢意大利。

她跟我说，与墨西哥相比她更喜欢意大利。如果我们搬到意大利去，她会更加频繁地来看我们，这样她也不会觉得那么遥远。她感觉所有她爱的人都离她很远，希望大家都不要走得太远。现在人人都在远方。他们分散在各处，亲戚们都分散在各处，几乎没有人留在比利时。有表亲住在迈阿密海滩的棕榈树前，有的亲戚住在洛杉矶海边，有的住在多伦多郊区，有的在南非或别的什么地方，还有在以色列的。有些人甚至已经和我们断了联系。

我们想知道他们在哪里，是不是还活着。他们当然是活着的。为什么不呢？我们只是失去了他们的音信。

我的外甥问我们为什么不去找。

我妹妹回答说，我们不知道怎么找。

我们可以雇个私家侦探什么的。是的，我们可以。

我们不那么做是因为我们知道那没用，但我们并不会这么说。

有一天，我母亲和我说起了她的表哥和母亲，她母亲非常开明。那个表哥比我母亲大，他来和他们一起住过一阵子，他们会一起去健身房。有一次我外婆看到她的女儿，也就是我的母亲，在厨房里哭。外婆问她为什么哭成这样。

那时候她差不多十岁，她说，因为我喜欢我表哥，我恋爱了，这让我很痛苦。外婆告诉她，大家都喜欢你表哥，他很优秀，不过他是你的表哥。你看她多么开明啊。那时我并没听懂，但我回答道，好，我明白了。我接着问这位表哥的下落，他是不是像那些曾经在这里的人一样都消失了？她叹了口气。

你偶尔还会想起那位表哥吗？会，但我尽可能少想他。不然我就会想起所有其他人。我们在波兰是一个大家庭，你知道的，一个非常大的家庭。以前就是这样，家里人口很多，这可能就是为什么你父亲想要生第三个孩子。我不想再要了，我有两个女儿，对我而言已经足够了，特别是你，给我惹了那么多麻烦。话说回来，你是个好姑娘，一双蓝眼睛让你显得很漂亮。大家会在你的婴儿车前停下来看看你的眼睛，再称赞我一番。但让我生第三个孩子，我绝不答应。生产是一件可怕的事，产后阶段也很难熬。特别是你，你不好好吃饭，晚上还会因为做噩梦而哭喊。

早上你不想告诉我你梦到了什么，但是我喜欢讲述我的梦。借助梦境，我感觉自己在过一种双重人生。可是你呢，我想让你讲讲你的梦境，或讲讲你的噩梦，你却说你不记得了。但看你那受惊的神情，我就知道你还记得，但你说你不做梦。这点和我完全不像。

白天你倒是不会做噩梦，你会跑来跑去，尤其是在要吃饭的时候。

你说，我不想吃东西，我咽不下去。

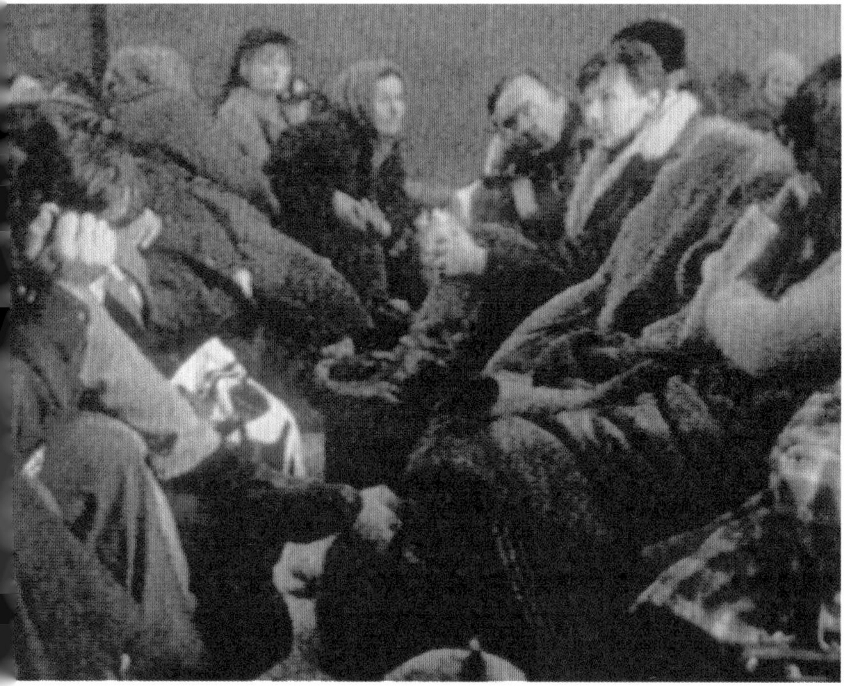

你唯一想吃的东西，或者说你唯一偶尔想吃的东西，是番茄酱肉丸意大利面，但就连这道菜你也很少会吃。

你吃得到处都是，我得给你换衣服。

你妹妹倒是愿意吃东西，不过吃得非常慢。她得用好几个小时才能喝完奶瓶里的奶，但她能够喝光。她睡眠也很好，所以我也不那么担心。

我要去看她，我外甥说。别打扰她，她在挣扎，她需要用上她的全部气力。有人想跟我一起去吗？

我们一会儿去。

随后我们过去的时候，她正在睡梦中挣扎。她嘟囔着，说着一些语无伦次的词句，我们都听不懂。我妹妹又说，那是吗啡的效力。

为什么要给她注射那么多吗啡？她哪里痛？我不知道，或许是浑身都痛。

妹妹想让她出院，她感觉她待在医院里也没用，还不如在家好。她把这个想法告诉了匆匆来查房的医生。

医生说，不是这样的，住院还是有一定好处的，让她出院的话她会咽气。

那在这儿呢？在这儿，她或许还能挺下去，医生用西班牙语回答道。她对抗生素反应良好。那她为什么会神志不清？没有为什么。她会一直这样吗？不会，这种状态是暂时的，医生说。

她在做梦，仅此而已。

医生要离开，因为有个女人遭到了袭击。

妹妹问了那个女人的情况，非常严重。医生说，我觉得我们救不了她，但没人说得准。这种情况经常发生，就是这样，看起来我们无能为力。

妹妹说，我们阻止不了杀人犯，他们比警察更凶猛。

医生答道，或许是的。随后离开了。

我们去睡觉吧，妹妹说。好，我们走吧。

早上，我听到我外甥从夜店回来了。

我想像他一样，想和他一起去跳舞。

我跟我妹妹说了这个想法，她耸了耸肩。他不会高兴的，他都是和年纪相仿的人跳舞。对，当然是这样，我说。他应该把我看作一位老太太，而且偶尔不叫我名字，叫我姨妈。我认识我母亲的姨妈们，她们任被称为三位姨妈，所以我觉得姨妈的年纪都很大。再说，那三位姨妈都已经不在世了，我母亲没有姨妈了。

我们还是会谈起那几位姨妈，有时也思念她们，甚至也可以说是常常。母亲和我谈起她们的时候，我们俩会笑。我们也会谈起我父亲，但是谈起他的时候我们笑得比较少，我也不知道为什么。

母亲觉得他一直在保护她,哪怕他已经去世了。我总是跟她说,是的,是的,我想是的。

我老是在回想头天晚上母亲跟我说的话,于是便跟妹妹讲了那天我们俩的对话。我必须得跟她说,她睁开眼睛只是为了告诉我,我之前对她很凶,除此之外再也没有别的话。妹妹还是跟我说,她神志不清了,别再想了。好吧,我答道。

在婚礼上,好吧,是在婚礼之后,当我们吃饭和跳舞时,我母亲没有跳舞,她在婚礼上和其他地方都非常喜欢跳舞,我拿起一支烟,我母亲猛地说别抽了,我也猛地回答别管我,就抽了。我母亲所记得的就是这个。这就是为什么她告诉我,你对我很凶,当她在医院那个几乎全黑的房间里认出我时,她这样告诉我。

后来,她出院后对这些都不记得了。她让我告诉她发生了什么,告诉她我和克拉拉是如何把她从楼梯抬进房间,那时她已经不能走了,然后再告诉她,她是怎么去的医院,告诉她我们在医院里发现她患有肺栓塞,医生也不确定她能不能活下来。我说,你已经挺过了命悬一线的时刻,你会一点一点好起来。

她并没有感觉到好转。

你在变好，我向你保证，你已经好多了。我好几周没见到你了，我可以告诉你，你现在跟当初相比已经完全不一样了，你连氧气面罩都不用戴了。

之前你需要一直吸氧，现在完全不需要了。这就是改变，一个好的改变。你的脸色也好多了。你这样觉得，她问我。是的，肯定是。

在我离开之前，C曾经跟我说，你母亲可能会去世。是的，有这个可能性。

C总是说真话，这句话也是事实。我母亲很可能会去世，哪怕我说我做好了准备，我也不认为我真的准备好了。

C经历过丧母之痛，可当被问及细节时，她并不想回答。一直是这样，只有一次例外。

我到墨西哥参加婚礼，看到母亲的样子，感到很震惊。我跟妹妹说，她在几周内老了二十岁，这怎么可能。

她脸色发青，人很瘦削。她知道自己是什么样子，但因着要参加婚礼的缘故，她仍然试图假装状态良好。人不能在外孙女结婚时老二十岁，脸色更不能发青，必须高高兴兴的。将来外孙女会生个小孩，得高兴起来。得穿好衣服，化好妆。

高兴起来。

由于肩膀骨折了，她没法自己穿上衣服，于是大家帮她穿好了衣服。

万幸骨折的是左肩。这个左肩没有办法医治了。她的骨头像沙子做的，如果要钉钉子进去，甚至都安不住。这些话都是医生告诉我的。

我不知道该说什么，便问道，可她依旧能使用左臂。是的，但不能像从前那样了。他看着我，没有回答我的问题，只是重复了一遍，不，不能像从前那样了。我说，好吧，那我们就不给她做手术了。

我错了，现在什么也做不了了，她根本无法使用左臂。无论如何，应该给她装上的不是钉子，而是假肢。我也是很久之后才明白了这一点。

总之，那个医生很蠢。不过正如我在某个地方读到的那句话，蠢人也是受害者。

她醒来时，我跟她说，你不再是十八岁了，去上厕所的时候要开灯，起身的时候也要慢一点。

我知道，我不用开灯，我能看到餐厅前面那条马路上的车灯。不行，无论如何都得开灯。

当我跟她说你不再是十八岁的时候，我清清楚楚看到她的世界正在崩塌。她拒绝进食，拒绝喝水。我白天要工作，很重要的工作，只能早晚来看她。我来看她的时候，我意识到她已经放任自己，决定不再抵抗。已经不再是十八岁了，活着还有什么意义。她放任自己死去，就这么简单。

我心想，或许她明白自己在做什么。

整个星期就这样过去了。

我妹妹是周五到的。所以从周四开始，她又开始吃饭了。她害怕我妹妹。她清楚我妹妹不会让她破罐破摔，不会让她这样自暴自弃地死去。她重新开始吃饭。她讨厌医院的饭，于是我和妹妹就从药房给她带瓶装的流食去，她会喝掉。尽管她喝得很慢，但她确实喝下去了。

我感觉，她只有和我在一起的时候才会想死。我感觉她现在也许已经接受了自己不再是十八岁的事实，而且说到底这是必然会发生的事，并没有那么糟糕。她特别爱讨人喜欢，这跟她的"十八岁"相关。可是一个人在任何年纪都能讨人喜欢，起码差不多是这样的。她的手腕缠着绷带，肩膀折了，还有其他那些让她疼痛的病灶，想要讨人喜欢就难一些，但无论如何还是有可能的。在她跟那些抬担架的人之间特别可能，他们美丽而强壮。

或许她已开始觉得自己仍然能够讨得年轻人的欢心。而且她也害怕我妹妹过来，便重新开始吃东西了。

我跟她说，她能吃东西就非常棒。她几乎没说什么。

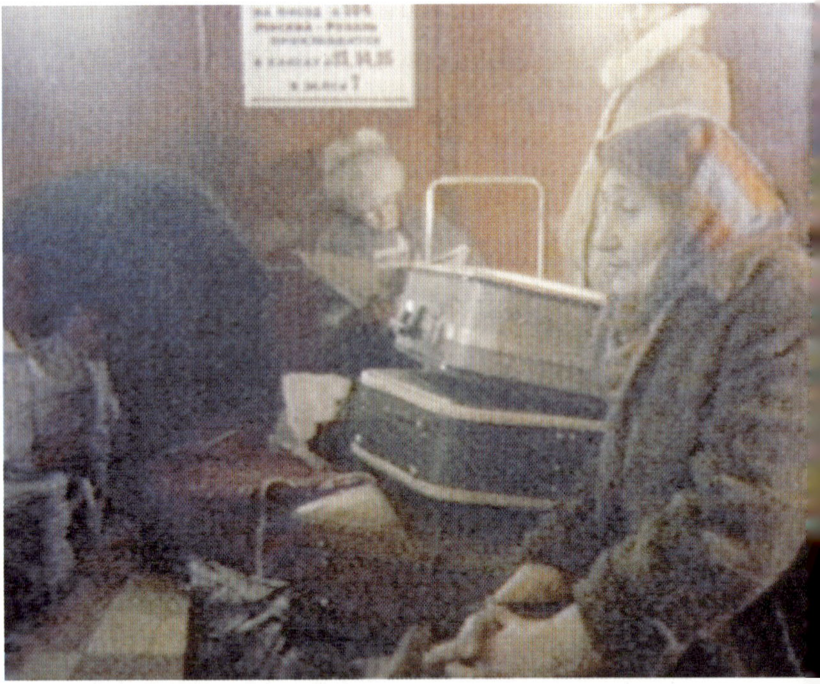

参加婚礼必须化妆。她化了妆后看起来更糟糕。双颊的红色让她更显老。虽然她看起来更糟了，我也没说什么。

你也是，你也可以化妆，母亲对我说。好的。

她直到去世都会跟我说类似的话，永不放弃。

我想着这可能是个好兆头，可能就是因为这个，她还活着。这可能就是我妹夫跟我说你母亲很坚强、非常坚强的原因。

我思忖着如此坚强到底是不是件好事。

大家都对我说，好吧，我的妹夫妹妹或许曾对我说，正因为她活过来了，她就学会了如何活着，她必须得非常坚强才能活下来。

我已经厌倦了所有这些关于幸存者的故事。好几年间，我脑子里只有这些故事。现在我受够了，真的受够了。我对自己说，或许忍受不了便是我康复的开始，因为我也病了。可是现在我依旧病着。这是一种周期性的慢性疾病，是一种情绪疾病，我每天都在为我的情绪服药。此外，当我心情非常好的时候，也得小心。我得快速摆脱这种好心情，否则我也会进医院，并被关在那里。如果我的心情不好，一点都不好，什么都不想要，那么没有人能见到我，我也谁都不见，这样他们就不会把我关起来。我有点天真地以为，如果我受够了思考幸存者和非幸存者的问题，我就会整理好我的情绪，也可以让疾病痊愈。但后来我读到这是不可能的，这种疾病与我的婴儿时期有关。在我还是婴儿的时候，我没有注意到我有父亲，也许是我母亲让我没能注意到这一点。母亲和我的联系太过紧密，这种联系于我而言是致命的。但这并非事实，因为我小的时候总是说我想要一个像我父亲那样的丈夫。所以这不是真的，不过这也改变不了什么。

这不是布料破了个洞那么简单的事，布料破洞了可以补好，但假如布料本身有问题，那便无计可施了。因此，我可以继续思考幸存者和死者的事，但我仅仅在我妹夫、其他人或某些事情让我再次想起他们的时候才去思考。

所有一切都能让我再次想起他们，哪怕是与此无关的词语或事物也可以让我想起别的事。这种词语太多了，比如有人跟我说空气很洁净，或跟我说到处都有害虫，或说危机加剧了，就像在1933年那样。甚至很多琐碎的事情，此刻我回忆不起来，词语"回忆"或"记忆"也是。人们现在有太多的义务，比如不再抽烟，"烟"这个词也会让我感到一阵痉挛。或"平原""土地"也是如此。

最后，还有一系列的词语，比如"圣诞节"和"新年"，但这些词语引发的是另一种痉挛。

"圣诞老爷爷，当你从天而降"，有时甚至"天"这个词都会让我战栗，然而我喜欢天空，我喜欢各式各样的天空，尤其是天空特别宽广的时候。我非常喜欢天空，以至于可以连续几个小时躺在巴黎的床上注视天空。

大家都说，你很幸运，可以从床上看到天空。我同意。

在纽约我必须拧着脖子才能看到一隅天空。我住在哈林区。我一到哈林区就想回巴黎,在巴黎待上几天又想去别处,甚至想再回哈林区去。不过也想去别的地方,虽然我真的不知道自己想去哪里。无论如何,我都会去。是的,我会去,因为我那时带 C 到了纽约,后来一切变得让人无法忍受。我患上了失眠,一直在哭。实在是受不了了。

C 逼我说出实话,我答应了,这正是我想要的。实话实说一定很好,我真想照实说。她对我怀着极大的善意,也给予我许多善意。她曾对我说,别再幼稚了,真是够了。

是的,我知道不应该闹了,但我做不到。无论如何,不能真正做到。

且大多数时候我都是一言不发。我拒绝了，有时我想尝试，但结果很糟。

如果不是因为这个实话实说的问题，或许我跟 C 的事不会持续那么久。我感觉她用那些问题把我从我自己内部拽了出来，这种感觉很好。

但我不是在实话实说，而是在恶语伤人。我对她、对我的亲人们说了那些可怕的东西，它们都不是真的。我说那些话只是为了破坏我们的关系。我先是很骄傲，随后便追悔莫及。

我隐约明白，这并不是说实话的方式。只要保持距离，怀着善意，一个人在责备他人的时候也并不会显得可怖。只是在我错误地"实话实说"的时候，我的话都太过伤人，以至于事后自己都会感到恶心。

我又回到自己的小角落里，在那里我可以吞下一切，随后它们又变成怒火，一点一点杀死我。

不过有人跟我说，你在拍电影时会全身心投入。我也不知道，因为我不了解自己，更不了解我的"全身心"。电影拍摄完成后，我就好像什么都没做，只是生产了一个虚无缥缈的泡影。我需要虚无缥缈的泡影，真的需要，但我极度疲惫，一团糟。

我喜欢拍电影，可是在别人谈论我、提及我的名字和姓时，我知道于他们而言，他们口中的那个人所制造的不仅仅是一个泡影，而是类似于作品的东西。我不想反驳他们，特别不想。我不想告诉他们那就是泡影，可我什么都没说。

我母亲散发出一种令人难以承受的焦虑感。大家都躲着她，以免也沾染上这种焦虑感，但结果还是被传染了。母亲觉得我们都躲着她，对待她如同对待一件家具，但事实并非如此，甚至远非如此。但有时她会这样感觉，她的焦虑便会加剧，我们也会躲得更远。

妹妹跟我说不要在意，不需要在意。我就不在意。我来了又走，不告诉她我在哪里，也不给她我的手机号。

母亲就是想给妹妹打电话。你为什么想打电话给她，她在上班，别打扰她。我还是想给她打电话，我想知道她什么时候回来。

她回来吃午饭。但我还是想打给她。

好吧，我拨给她。占线。母亲把她的手指绞在一起。

D呢？D是我外甥，她外孙。D呢？他来了又走，从来不说要去哪。他在这里就像住宾馆一样。

可是妈妈，他现在已经是个大人了。

我再也不会回墨西哥。她言辞凿凿，的确，她不会再回墨西哥了。

她要回到布鲁塞尔的家中。至少那里的海拔与海平面齐平，与在墨西哥城相比她可以更好地呼吸。墨西哥城那儿是高海拔地区。她在布鲁塞尔可能感觉好受些。总之，她被这个理由说服了，我们试着相信这一点，她也是。她在护士的搀扶下到花园里坐着晒太阳。

她在这儿只外出过三次。她说这话的时候像是在责备我们。

妈妈，你已经站不起来了。

我明白她不是这个意思，但我没有表现出来。在这里，她不再能掌控自己的生活。人们在她身边来了又走。

她和护士待在那里。

护士一直在她身边。她甚至不再洗澡了。护士给她洗澡，帮她泡澡。她曾经喜欢在早上泡澡，那真是种乐趣。她甚至连这份乐趣都没有了。

今天她不想洗澡，洗澡让她很累。

我跟她说，那就明天再洗吧，反正你也不脏。

但我妹妹还是想让她洗澡，不想看她一直穿着浴袍。那样更好些。

妹妹受不了母亲穿着浴袍到处走，况且那件浴袍因为她骨折的肩膀拉向一边。

但我也不知道为什么她非得穿浴袍，穿上浴袍后，她受伤的肩膀就更明显了。我问妹妹还能为她骨折的肩膀做些什么，她说没什么可做了。你别再提这件事了，她都不再想这事了。我们帮她穿好衣服就够了，其实也没那么严重。对，没那么严重，那什么样才是严重？无论如何，她都要拖着受伤的肩膀生活，吃饭睡觉。

一个人哪怕心脏很脆弱，哪怕双手变形，也得忍受着这一切过下去。

我母亲说，你妹妹对我颐指气使，这你是知道的，我不能做我想做的事，她会冲我发脾气。

我在吃东西的，你知道的，我甚至经常吃。是的，你好一些了，比一个月前好很多了，我对她说。

这得慢慢来，你之前病得太重了，但你会好起来的。再说，你已经在恢复了。我已经像往常一样想要离开，在这时离开意味着我要返回哈林区。

然而，自从我和 C 到了哈林区，我就没再写过一行字。所以何必回去呢。我不是说 C 在阻止我写作，也不是说我阻止她写作，她也有书要写。只是我们在一起时，有些东西会让我们写不下去。

我们俩都希望对方能够写下去，能够获得幸福。但现实情况恰恰相反。我甚至连笔记都不做了。我唯一想到要写的东西是我听不太清尖锐的声音，有时是不能完全听明白，但我并没有把这件事写下来。

我坠入了一个每天都在缩紧的网中，而且网越是收紧，爱就越少。

或许有一天我会好奇这张网在哪里，或许还会怀念这张网。

但愿不会这样，但没人能说得准。我习惯了给我自己打造监狱。这张网就是一个新的监狱，说到底，为什么我不会怀念它呢。这座监狱和其他监狱一样好，但比起其他我所习惯了的监狱，我对这座监狱的感觉要更强烈些。

一切在开始时都十分美好。甚至有一天，我曾告诉她我很幸福。

现在我想跟她说，松开网，让我呼吸，你在伤害我们俩。我想分手，却不知如何分手。我来，我走，我躲起来，我胡说八道。显然事情过后我不知道自己说了什么，但她知道，她记得我说过的一切，甚至还记得更多。每一个词，每一次呼吸，每一次沉默，每一次低头，每一次转身，每一次无缘由的失眠，不知道自己为什么会哭着醒来。我确定这是真的：我不知道。一部分的我实话实说，另一部分的我是我不知道的，总归不是完全知道。

她凭着无懈可击的记忆力对我说,上周(周二)你说你有点知道自己为什么睡不着了。我现在不知道了,我说。我不记得我跟你说过什么。

她告诉我她不相信我。不,你相信。我一边为自己辩护,一边沉沦进去。

她的洞察力很强大,每当我试图用一句温柔的话摆脱困境或做出姿态蒙混过关时,我想要抹去的东西反倒会蹦出来,情况就更糟。

所以我不再试图脱身,而是保持沉默。但这也使情况更加糟糕。更糟糕,越来越糟。

她正在那张很丑的黑色塑料沙发上坐着,或躺着。她在阅读,或者试着阅读。我不知道。

现在我觉得那张沙发没那么丑了,但在当时,我觉得它丑。

那时她在读书,或者试着读书,但我感觉她没怎么看进去,而是在观察我。我不明白为什么。好吧,我还是知道一点原因的。她在防备着,可能是的。

她以为我会把她留在那里,以为我大概会抛弃她。于是她观察我,审视我。我想,你去读书,或者去写作呀,别再那么操心我。

她跟我说,你来了又走,只是为了不跟我一起待在这里。她这话有点道理。确实如此。

从早上开始,我就想着找点事情做,这样我就不用一直待在那里,也能让她不再观察我。事实上我并不想出门,我感染了病毒,肚子很疼,晚上也睡不着,我其实是想待在西527号。我做不到称其为"家",做不到。除了偶尔几次外,我在那里根本没有在家的感觉。是的,偶尔我们会躺在对方的怀里,这只是一些短暂的休息时刻,假如我睡着了,便会哭着醒来,恶性循环会再次开始。

她会再次问起那些问题。你为什么哭。我不知道。不,你知道。不,我不知道。我就是哭了,仅此而已。

不,我不知道。

我试图挣扎,有时也会放弃。我要窒息了。

她看着我,眼睛深邃而严厉,我感觉她能把我看穿。她的目光久久追随着我,我突然叹了口气,想借此摆脱它、忘记它。

有一天我跟我在纽约最好的朋友说,我和C的事会以谋杀结束。我试图告诉大家发生了什么,来看看这段关系中到底谁对谁错。

C以她的聪明才智几乎成功地让我相信,我给前面那位,她之前的那位打电话是不对的。她让我相信,我在她进来时合上电脑,为的是隐瞒我正在写的东西,但这不是真的。况且我根本没在写作。我向她解释那是下意识的动作，但她不相信我。于是我试着回想，思考自己是否真的是下意识地合上了电脑。我对自己说，是的，就是这样。有时我试图向她证明那是下意识的，结果越解释越糟糕，于是我便不再吭声了。我的话越来越少，以免给她数落我的机会，她数落我的那些话我并没有真的听懂。

于是她就责备我的沉默。

我试图说些什么，想找点话题，但找不到。

我任由沉默飘荡在空气中。

加之公寓里很昏暗，沉默显得更加浓重。

我母亲不断询问发生在她身上的细枝末节。她需要按照正确的顺序把所有的事情拼凑起来。她觉得如果能把整个故事拼凑起来，她就会好起来。

你差一点就挺不过来，只差一点点。真的吗？告诉我发生了什么。我便跟她说了。她说，的确是，然后又问了一遍，再问了一遍。最后她说，我记不起来了。

我记不得了，你明白的，一个人可以忘记很多事情。有些事情我宁愿遗忘，但不是这件事。我已经开始想念这件事了。当我熟知这件事以后，我就可以忘记它了，但在那之前，我想记起它，却什么都记不起来。这让我很伤心。

于是我在记忆中搜寻着细节，突然意识到我也忘记了，

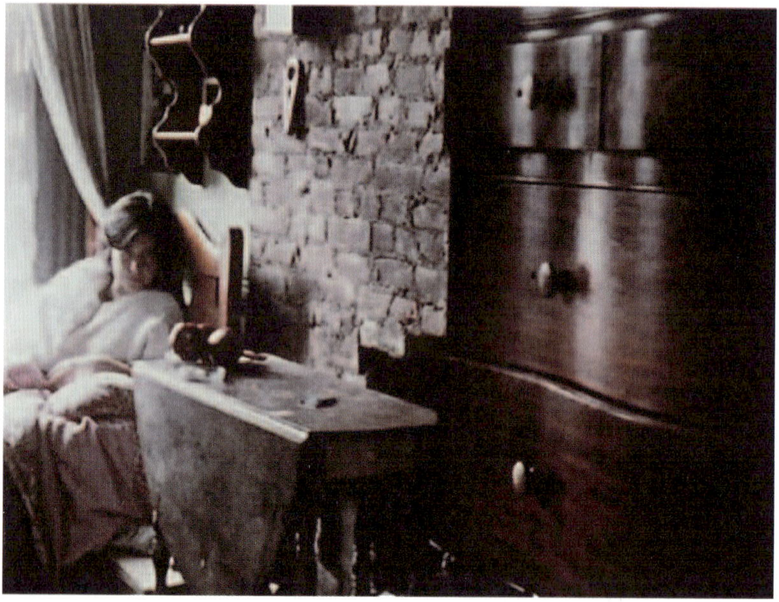

我不明白她怎么会在几天内住进急诊。但她,她一定要知道。我便说,你一定是在飞机上得了什么病,在飞机上生病很常见。再说没必要记住所有的事情。你现在还在这里,这才是最重要的。然后我们开始思考,好吧,是我在思考,但这是怎样一种处境啊。现在她的眼神死气沉沉,不带一丝喜悦。我问自己,真有必要让她活下来吗?但她,她想活下去。所有人都说她很坚强。我看着她,这个瘦骨嶙峋、惶惶不安的可怜人。

大家帮她在花园里放了一把扶手椅,让她坐着晒太阳,她头上戴着一顶大草帽。远远看去,这几乎是天堂(或田园牧歌)般的情景。一位老妇人,没错,但她享受着阳光,儿孙绕膝。

但孩子和外孙们只是来去匆匆,你好,再见。你这就要走吗,是的,去上班,你也是。是的。

我问她,你不想读点书吗?不,我看不清楚。那就听音乐。我的耳道太窄,助听器让我左耳道很痛。助听器让我很不舒服。你看,这里红了。会消下去的。是的,我母亲说,可能会消下去,不过会要点儿时间。这儿的红会消下去,就像其他地方会好起来一样,但越来越难了。没有人愿意听这些,于是大家都走了,她和不会说法语的护士待在一起,我在那里的两三天则是和我待在一起。

我妹夫说过这话，有时司机和其他人也会说，比如那位从来不让我母亲离开她视线的护士。大家都说她很坚强。

到最后，我看得出来母亲忍受不了这个护士了。大家总说她很坚强，她却感到非常虚弱，只是由于不在家里，她才什么都没说。当她说话的时候，大家并不总是听她的。人人都比她更清楚什么对她有好处，因此护士干脆睡在了她房里。母亲说，醒来的时候看到一个不会说法语的护士躺在另一张床上，这感觉很奇怪。

护士想学法语，可学得没那么快。她们俩只能用其他方式沟通。我母亲更喜欢会说法语的护士，她们至少可以跟她说说话。

总之，情况就是这样。早上她会饿得大喊大叫，这幢房子里所有人都起得晚，连女仆也是，所以只能由护士为她送来咖啡和玉米片，她才平静下来。这样，早上的情况还不算太糟。有时她甚至可以睡回笼觉。当大家都醒了，房子里终于有了一些噪音时，她便会和大家一起起床。我妹妹常常来看她睡得好不好，并对她说，妈妈，起床了，别待在床上了。好，我这就起。

但你知道，我没摔坏的那一侧肩膀也开始疼了。是的，因为两边肩膀失去了平衡，其中一个比另一个更斜。你疼吗？不太疼，但我感觉它死了。嗯，你回到布鲁塞尔可以找你的体疗医生，他会处理好的。是的，我母亲喜欢体疗医生，这是有原因的。

她想回到布鲁塞尔的家里。但目前还不行，她太虚弱了，不过不久之后就可以回去了。

她想回家，又有点害怕孤独。但在内心深处，她还是非常想回去，不受约束地生活。

不过她现在还不能自理。她的手在颤抖，双腿勉强能动。你得锻炼肌肉，妈妈，你得走路。我已经能走一点了，至少能走五分钟。明天你要走六分钟，后天七分钟。好，她点了点头。好，应该可以。

当她要坐下来时，要么有人帮她，要么她就跌坐到椅子上，当然通常护士会帮她。没有肌肉怎么能行。妈妈，你得吃蛋白质。我们给她注射维生素 B_{12}，有时甚至也会给她输血来治疗贫血。

一天晚上，妹妹来我睡觉的房间看我，那个房间从前是她那个刚结婚的女儿在住。我像往常一样早早上床睡觉来逃避生活。妹妹想和我谈谈，她再也忍受不了了，我理解她。

我们俩在想，她是不是一直都是这样，这样以自我为中心，这样自私自利，或者要怎么说呢。

我们没印象了。我们想不起开心的时刻。想不起我们母亲以前是什么样子。

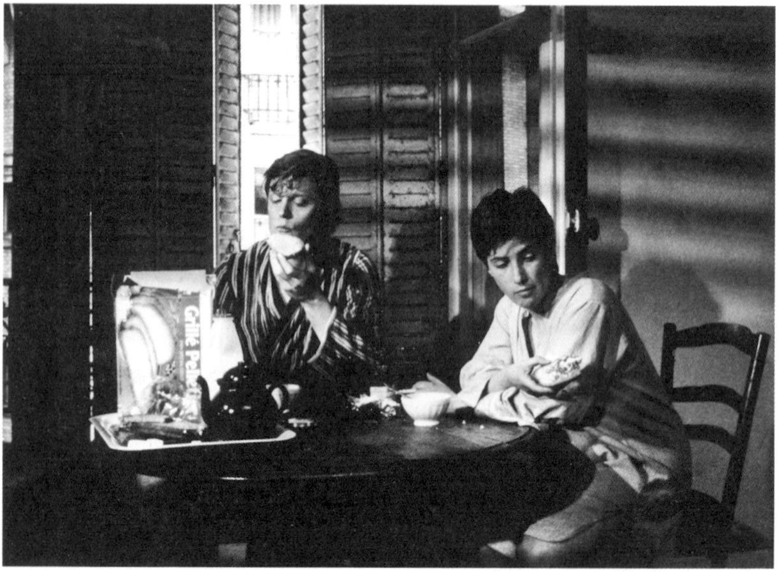

我们不记得她从前是怎么照顾我们的,不记得从前因为有她在,家里充满了欢声笑语。

我们不记得从前她会来接我们俩放学,保护我们,为我们争取一切。都不记得了。

不记得有一天她不得不瞒着我父亲去往我偷东西的商店被人羞辱,也不记得我第一次跑到纽约时她为了给我寄二十美元而拼命省钱。

突然间我想起了一段可怕的回忆,我记得那时我被关在诊所里,她和父亲来诊所看我。起雾了,他们走在雾中的大公园里,身影显得格外渺小。

我心想,当我从远处看到他们时,我一定要装出一副开心的样子。

我知道他们俩都很痛苦,都在为有一个被关在诊所里的女儿而痛苦。是的,绝对得装出一副开心的样子。我没有告诉过妹妹这件事。

他们俩和医生谈过了。医生打着一条皮领带,名叫康帕涅。

我对他说,这不是您的真名,您把您的真名藏在了法国的土地下,藏在了乡间的土地下[1]。我一边玩着他的领带一边看似漫不经心地说,看得出您并非来自乡下,您知道

---

[1] 医生的名字"康帕涅(campagne)"在法语中意为"田野、乡下"。——译者注

从前德国人用犹太人的皮肤做灯罩吗？

他们拿走了我的所有东西，我的剪刀以及诸如此类的尖锐物品，然后把我关了起来。

晚上我想离开房间到走廊转转，我真的受够了那个房间。我试着开门，却打不开。我心想，因为我不够实际，所以这门打开的方式我还没完全搞懂。但我很清楚门是被钥匙锁上的。我被关起来了，就这么简单。我心想原本就不该跟康帕涅医生说话，也不应该跟他说犹太人的事情。我觉得他们无权把我关起来，这太过分了。我来这里是为了康复，不是要被关起来。况且由于闭门不出是我一部分的问题所在，我的情况只会更糟。

黎明时分，所幸电话还能用，我便给城里的医生打了个电话。他让我离开了那个房间，给我安排了一个可以看到公园的房间，门也是朝向公园开的。新鲜空气对身体好，比如乡下的空气就对身体很好。但我常常不喜欢乡村。我不记得我是否拿回了我的剪刀。总之，我不久便穿过大雾弥漫的公园去了布鲁塞尔，并和我父亲在那儿生活了一段时间。我就是这样了解并爱上了我父亲。而这是有原因的。

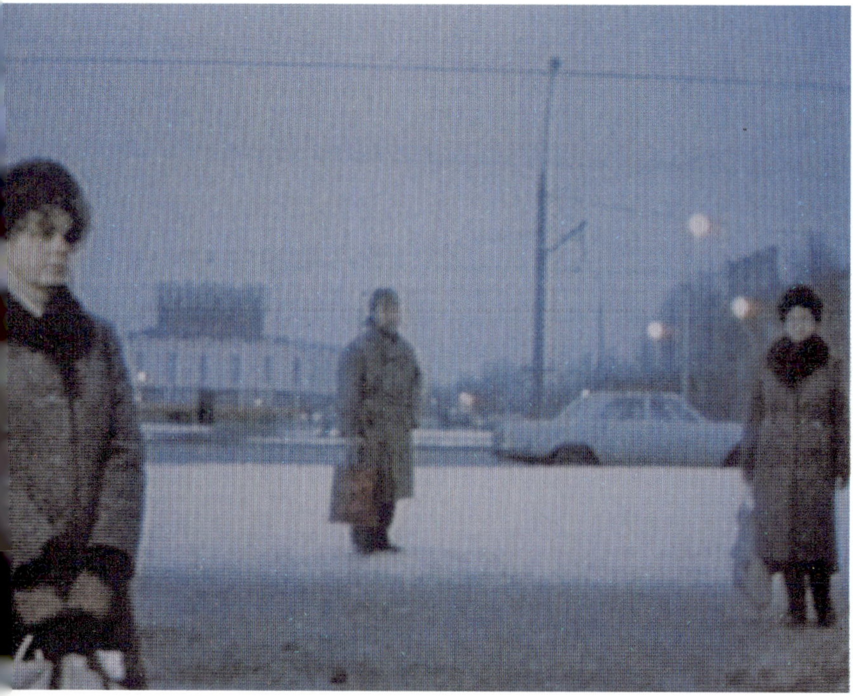

母亲曾经告诉我，当她从那里出来时，她的心已经死了。或许早在我还小时，她的心已经有些死了，又或者她的心从未活过，不过我不觉得是那样。我不知道，再说就算知道了又有什么用呢。或许在应付那些爱意满满的话时会有点用处。一般来说，那些话听起来都有些假，甚至假得很，但有时又不会。

除此之外，即便我去问她，她也不会讲集中营里的事情，除了像她的朋友为了救她而去偷土豆这样的事。她只告诉我一些伟大的事情，其他一概不提。

母亲清楚地感觉到妹妹在应付她，而我更难过了。

她知道妹妹会做一切，为了让她活下来，她什么都可以做，除了听母亲说话，除了抱她，而这些正是我母亲最渴望、最需要的。母亲想被我们紧紧拥在怀中，这样她就可以忘记自己，或反过来说，可以感觉到自己还活着。

我也是像母亲这样吗，我觉得并不是。可当时如果不是为了被拥抱，而且是被我不认识的、仅与我通过邮件和脸书信息的人拥抱，我为什么会决定去伦敦与C见面。是的，当时我的想象爆发了，那些想象搅得我心神不宁。我应该停留在想象之中。于我而言待在想象之中是更好的，特别是由于我们的事情是以这种方式开始的。然而，那是我第一次做这样的决定，之前从未经历过，所以我当时毫无防备、毫无戒心。

我对妹妹说，你就不应该让我注册脸书。

妹妹说，我让你注册脸书不是为了让你做这种事情。

我知道，可无论如何事情已经发生了，而且很难挽回。

对你来说或许很难，妹妹说。她已经结婚三十多年了。

她跟我说话的时候十分体贴。这份体贴让我很感动，我想哭。我告诉她，你今天真漂亮，你的裙子很好看。真的吗？真的，我说，你知道我说话也有靠谱的时候。

我很高兴。你不觉得妈妈好多了吗？她还没到情况好的时候，我是说真正的好。但她好起来了。是的，她好起来了，但她现在说话比从前少了，稍说两句就会觉得累。有时她会说说话，现在对她而言能说说话就是很好的时刻。

一天早上，她跟我说了很多话。我记不清回答了她些什么。她说的话有时并不算数，只有那些不言自明的回答才能作数。所以我跟她说了些她想听的。

我告诉她，我不会待在纽约，我会回巴黎，那样我离她不远，会经常来布鲁塞尔看她。虽然不是每星期都会来，但也能经常来看看她。好，那样真好，她说。看吧，我无法应对。

我立即觉得这样跟母亲说是不对的，也许我留在纽约会更好，那样的话我时不时用Skype给她打电话就行了。好吧，我们再看吧。

母亲又说了一遍，我再也不能到墨西哥来了。

不。可能不会了。我说，我的妹妹、妹夫，我母亲的侄女、侄女婿，还有她外孙，她怎么亲都亲不够的外孙，他们都还会来墨西哥。

母亲对我说，他长得非常英俊。是的，我答道，他确实很英俊。而且他作为一个男孩子也很温柔，这挺令人吃惊的。有时候他会挽着我的胳膊，跟我一起在街区散一会儿步，现在我已经做不到了。那时我觉得心潮澎湃，可自豪了。是的，我知道，妈妈。

她也非常疼爱新婚的外孙女。

她的外孙女应该很快就会生孩子，但没人说得准她究竟什么时候会生，也没人敢去问她有没有要小孩的计划。

我妹妹觉得她们夫妻俩还会等一阵子。可是为什么还要再等呢，是时候了，我母亲说，她年纪已经不小了，虽然也不算大，但总归不那么年轻了。

大家都叹气，都希望我母亲不要再提起这件事，尤其不要在她外孙女面前说，这一位和她母亲一样敏感、脾气大。幸好她夫妻俩去亚洲度蜜月了。这将是一次美好的旅行，大家都为他们高兴。

母亲说，你爸爸和我曾去巴黎度蜜月，住处的床垫上有跳蚤，厕所在走廊里，我们俩搔了一晚上痒痒，然后就回家了。不管怎样，这就是我们的蜜月旅行了。第二天，我们俩就回去工作了，不得不回去。是的，我知道，妈妈。

我们一生都在努力工作。是的，我知道，妈妈，你努力工作的时候我都在那里。你也一样，也在工作。是的，但我没有你们干得那么多。不管怎么说，你是在工作的。目前我没什么事情做，脑袋空空，毫无想法。或者说想法过多了，我觉得。

会有的，母亲说。你总是这么说，如果这一回我就是找不到事情做呢？

妈妈，护士来给你穿衣服了。你化好妆，涂好口红，你看，这浴袍跟你的装扮不搭配吧。啊，能说上几句话真好。是的。

我饿了，母亲说。他们马上就到，一会儿大家一起吃饭。但已经三点了啊，我饿了。我在比利时的时候十二点半就吃饭。这里不是那样的。等着的时候你喝个汤垫垫吧。

我已经喝过了，那汤太清汤寡水了，我喝了跟没喝一样。我希望他们马上下班回来，我等不了了。你吃块面包吧。我吃不了，这牙套戴得我牙龈疼。

是，我知道，我就不应该问你要不要吃面包。

那你吃块水果再等等吧。饭前吃水果？

是的，餐前吃点水果比较好。我在报纸上看到的。

我不想吃。

那你就不是真饿。

她叹了口气。

护士担心起来。

我母亲试图从椅子上站起来。

你看，我还是得要人帮忙。

是的，我明白。但你已经好多了。走几步吧，走几步就不会觉得饿了。

我不想吃东西，但我还是饿。

走几步就有胃口了。

她和护士走了几步，用法语说了几句话。护士微笑着，好像听得懂她说的话，其实她什么都不明白。

母亲指挥护士领她到餐厅，护士扶她坐在座位上。

我妹妹进来了，对她说，你已经坐下啦。是的，我等你们呢。

大家都坐了下来。菜上好了。

护士把肉和蔬菜切成小块。母亲因为肩膀受了伤，自己切不了。

大家都吃得很香，除了我母亲。

突然，她对我的吃相做出了一句评价。

我外甥笑了起来。你真把她当成一个四岁小孩了。接着大家都笑了。

我不想笑，但为了迎合大家，便也还是笑了。

母亲说，你怎么这样笑，傻乎乎的。在我眼里，孩子永远是孩子。我外甥说，对，当然，这很正常，但对我姨妈，你是真的把她当成一个没长大的孩子了，这很好笑。

笑吧，我母亲说。笑就是笑。那次婚礼之后，大家就不怎么笑了。尤其是在那张我母亲在婚礼上微笑的照片前面，大家笑得更少。大家都不喜欢她那个笑容。

笑起来让人感觉很好，但我在哈林区的时候，除了偶尔几次，几乎不再笑了。我把她带到这间公寓里来，带到这个于她而言陌生的城市里，后来又因参加一场婚礼、因一位垂死的母亲而抛弃了她。而她甚至曾提出过要陪我来探望我那垂死的母亲。

她离开了她原来的公寓、她的朋友、她的工作。每个星期，有时是每两个星期，我都会跟她说，这样不行，我们忍受不了彼此。最后，我终于骄傲地告诉她，我不再爱你了。她跟我说，这不可能，这不是真的。

我带着骄傲，因为我终于说出了那些难以启齿的话。我对自己说，我坚强了一回，我说出口了。我实话实说了。

我觉得自己在被监视、被分析、被审视，她耳朵很灵，哪怕我在电话里说一句"我也是"都会被她听到。她知道我说的是"我也是，亲亲你"。

她到我房间来，一双黑色的眼睛冒着怒火，对我说她再也受不了了，她一这样说就是几个小时，大喊大叫。那只母狗看看我，再看看她。我抚摸着她的爪子，让她不要担心。但她确实在担心，狗狗很担心，C很担心，我也担心得要命，我感到窒息。我感觉每一天都比前一天更加窒息。直到我投降，不再给L打电话，不再找理由离开她，不再逃避她。是的，我投降了。头几天感觉不错，后来又变糟了。不，我不想投降，我还想打电话，我还想笑，不管是和谁一起，不管是以什么方式。

婚礼上，我妹妹的一位朋友来拥抱我母亲，非常温柔，乃至深情款款。我母亲终于笑了。

然后这位朋友站在她身后，叫来摄影师给她们俩拍照。我母亲说，我不再那么上镜了，一点都不上镜了。

哪有，才不是呢，这位朋友说。她双臂环绕着我母亲憔悴的身体。房间里沸反盈天，音乐、叫喊、笑声交杂在一起，大家甚至跳起了霍拉舞[1]。必须得大声喊叫才能听见对方说什么。

我母亲微微张开嘴笑着，为了拍照，我觉得恶心。那个努力的、凝固住的笑容。妈妈，别笑了，没必要那样笑。但她呢，她嘴唇咧向两边，好像在笑。摄影师不慌不忙地拍着照片。母亲在那儿等着，尽可能站直身体，嘴唇僵在似乎是在微笑的位置，脸色发青，嘴唇又太红，妆太浓，以至于嘴唇看起来像在流血。终于拍完了。我松了口气，她也是。我会把照片发给您，那位女士对我母亲说，她还抱着我母亲。

您真好，不过您不必发给我，母亲说。您已经有很多照片要发了。没事的，妹妹的朋友说。

妈妈，很晚了，我们回家吧。是的，很晚了，不知道为什么我感觉很累。我以前参加婚礼从来不会觉得累。

是的，我知道，但今天是漫长的一天。她看我的眼神里几乎充满了敌意。这不是理由。是的，就是这样。

---

[1] 一种罗马尼亚传统舞蹈。——译者注

我实在忍受不了了。这一天从早上七点就开始了，摄影师是八点钟到的，不一会儿发型师和化妆师也到了。幸好你做了头发，化了妆。这样至少不会让我觉得丢脸。

我喝了一口酒。你别洒了。洒不了。

不然污渍洗不掉的。我知道，不过偶尔也能洗掉。

过了一会儿，她回过神来。接着她问道，我们怎么回去呢。有小巴和司机，他来这儿就是为了接我们回去。

你觉得是这样？她又担心起来。是的，我确定，不过你想让我过去确认一下的话我就过去看看。行，你去看看吧。她的手还攥着我的手。我轻轻松开她的手，她便攥紧了她的舞会手提包。

突然她问我，你的狗呢，它在哪里。在巴黎。

有人照顾它吗？有。

我去看了一眼小巴和已经在等待的司机，又返回她身边，情况很糟。她已经站不起身了。克拉拉和我扶着她，和她一起在舞者、餐桌、嘈杂声以及雷鸣般的欢呼声中穿过巨大的舞厅。

母亲一步一步挣扎着，呼吸急促。

我们几乎是把她抱上了小巴，后来又抱着她爬楼梯到她的房间里，默默帮她脱衣服。

克拉拉和我交换了一下眼神。我们明白这很严重。

我们小声说着，这样不行。

她看起来像个活死人，双眼透明，几乎毫无生气。但无论如何，她还活着。

我握着她的手。她闭上了眼睛。我不确定她是否睡着了，但她的眼睛是闭着的。她在呼吸，在喘息着。

第二天，她又去了医院，进了急诊室。我却不得不离开，不得不去纽约谋生。

妹妹说，你去吧，你留在这儿也帮不上什么忙。

万一……不，你回来的时候她一定还在，我敢肯定。我不知道。她会的，她还会在的。司机会送你到机场，你去吧。

去纽约吧，去工作。走吧。记得回来。

在纽约，不眠之夜已经开始，一晚接着一晚。

我们一起选的这间公寓，因为它有一间凹室可以隔开两个房间。

于是我们之间的一切沟通都通过电子邮件远距离完成，无论是商量房租的事，还是商量钱的事。

从前我们无法想象墙与墙之间的空间如此逼仄，使得窗户完全处在墙体的包围之中。

房间里只能看到一隅天空。

有时是蓝色的。

只下过一次雪，那是在十一月的一天。

C 很高兴。

她觉得有点冷，但很高兴。

我坐上了飞机。我已经开始对自己生气，我原本就不应该离开。

我试着阅读，却读不进去。然后我对自己说，我必须做好准备。但要怎么准备呢。我得去想象没有她的生活，可是我想象不出来。我看向窗外，看向天空和云彩。到纽约居然要花这么长时间。我自言自语道，可能我们永远也到不了。我不自觉地踢着前排座位，那人转过身来，叫我停下来，很凶。当然，他不知道我正在经历怎样的挣扎。他觉得我是故意这么做，认为我完全没在意他，没在意他也没在意他背后。我没吃也没喝东西，坐立难安。航班还没到纽约。没有能做的事情。人们告诉我，当我感到焦虑的时候要去呼吸，我便试着去呼吸。但我并没有感到焦虑。没有。我只是在试着做准备，为母亲的死。

乘务员用西班牙语和英语提醒我们系好安全带，飞机马上就要降落了。我不再盼着飞机着陆，我想永远待在飞机上。

但飞机还是着陆了，人们推推搡搡地走向机舱出口，我在座位上等。等所有人都下了飞机，我才站起身来。我感觉不到我的腿了，但我在向前走。

行李箱在转盘上转动着。我没注意。我和其他人一样在那里等待，却忘记了自己为什么要等。

突然我想起来我有一个行李箱，我得把它从传送带上取走。

我糊涂了。我拿了一个别人的行李箱。

有人走过来，一边用西班牙语大喊大叫，一边从我手里夺走了行李箱。

我说着对不起，又用西班牙语说，谢谢，非常感谢。我意识到我不应该这样说，于是没再作声。

我在传送带前站了一会儿，终于拿到了我的行李箱。

它是唯一一个剩下的，肯定是我的。

犹太教堂里坐满了人，大家都在等待。

摄影师和摄像师已经到了，就在我前面。我推开了他们。我想看看一会儿会发生的事情。表妹在我身旁。

突然，婚礼进行曲响了起来，大家都转过身来。

我记不清过程到底是怎样的，但我记得我外甥女身着婚纱，和她爸爸一起走过过道。

其他的事情我便不记得了。母亲在她外孙的搀扶下走在最后，样子憔悴不安。她从我面前走过时，我摸了摸她的脸颊，便转身跟我表妹说，她撑不了太久了。我不记得表妹是怎样回答的。我想她应该是说母亲脸色苍白，但她不能确定，我想她应该是垂下了眼睛。婚礼上不能谈及死亡。过了一会儿，我看她擦了擦眼睛，随后她对我说，别这么说，这种事情没人能说得准，说不定她还会康复呢。是的，有可能，但我很难让自己相信。表妹的包掉在了地上，我们俩都弯腰去捡，粉底盒摔碎了，里面的粉底洒了出来，还有口红、梳子、一些钱和舒洁面巾纸。

其他的我都忘了。玻璃杯碎了，戒指被交换。我都记不清了。不过，我们留下了照片，有一天我会再拿出来看看。

我推开了好几次小舞台上的摄影师们，都没有用。我什么都看不到。那天，除了我母亲，我什么都没看到。

我没有欢欣雀跃，反而一直觉得恶心。再说，我什么都没看到。

我之前问过我妹妹 C 能不能来。她跟我说，现在不是时候。我明白，也不明白。究竟有什么关系呢？C 独自在纽约等着我。她孑然一身，没有认识的人。她会做什么呢。婚礼上有那么多人，没人会注意到她。还是说，所有人都会注意到她，她有那么特殊吗。我妹妹说，C 在威尼斯的时候没有跟她说话。我妹夫说她跟他说过话。妹妹说，M 原本可以来的。她跟我说这件事的时候，我再一次想起了 M，想起了我俩的亲密无间。我想到了我们之间发生的一切，却记不太清为什么我俩的关系会突然结束。我和 C 在一起时，除了在脸书上聊天和之后那段短暂的时光，我再也没感受过那种亲密无间。后来那段短暂时间里，我们还是很亲密，但那种亲密感和我与 M 在一起的感觉不同。这很正常，因为她俩不同，而且 C 是如此年轻，所以我们的关系不能与我和 M 的关系相提并论。这点我无法否认，这不是一码事。后来，有些东西渐渐消逝了，又发生了别的事情。随后，一切都结束了。幸好 C 无法从远处读懂我的心思，我再次庆幸她不在这里。

我妹妹说，L 本应该来的，她是家人。

但 C 不是。我说，我理解，却感到很难过，但我明白我妹妹的意思。妹妹希望一切都能顺利进行，所有被邀请的人都属于这里，但 C 并不是。

后来，我试着跳舞，想融入大家。我经常在婚礼上这样做，特别是年轻时，我父亲还在世的时候。

我妹妹对男士们说，或者说是对那些男孩们说，他们得让我坐在椅子上，再抬着椅子上上下下。

随后我回到母亲身边。她眼神迷离，裙子在受伤的一侧肩膀向下垂着。

我其实觉得她已经没有在婚礼上开心的力气了，但是作为一位外祖母，她得打起精神来。她在想什么呢。她可能在想所有对她造成伤害的事情。她不时地把双手交握在一起。我真忍受不了这个动作。

从前，她很爱在婚礼上跳舞，甚至在其他地方跳，在意大利度假的时候，她也喜欢跳舞，而且跳得很好。

C在纽约写了几封电子邮件，尤其是给我们那位年轻的女房东。后来我们见到了她和她的母亲，一位戴着帽子的优雅女士。C在邮件中写道，公寓依旧有些问题，C不久前看到一只小老鼠从走廊跑进了客厅。虽然是一只很小的老鼠，但不管怎么说都是老鼠。C觉得自己无论如何都习惯不了老鼠的存在，如果非要她接受，她也能做到，但她还是希望不要再看到其他老鼠了。

C知道老鼠会繁殖，所以即便非得要C接受，她也无法适应老鼠繁殖这件事。她小时候曾读过一本关于哈林区的书，里面有很多穷人被老鼠袭击。她觉得如果公寓里有小老鼠的话，有一天或许便会有很多大老鼠。她看着那只小老鼠钻进了暖气片旁边的一个洞里，便设法把那个洞口堵住了。但是房间里还有其他的洞，她不能一辈子都用来堵洞口。

她还写道，洗衣机不能正常工作，它停止工作时底部还会有积水，这不正常。

除此之外，C 一个人在纽约还做了些什么事呢。我给她打电话，她说你听起来很糟糕，真的。

我没意识到自己状态糟糕。说到底，她没来是件好事，因为在婚礼前的晚宴上，我和一个年轻服务员有说有笑，他把我逗乐了。就是这样。

C 不会喜欢我这个样子。她会说这是在调情。但对我来说，这没什么大不了的，我只是想笑而已，只是需要在已被宣告的灾难中笑一笑而已。这是在火山上的大笑。见我笑得这么厉害，见我心情这么好，大家都感到很惊讶。但 C 却在电话里对我说，你听起来很糟糕。她在远方体察到了掩盖在我笑声之下的东西。幸好她没听到我的笑声，否则她会受伤。现在我说她会受伤，但当时我会说她是在嫉妒，无缘无故地吃醋，仿佛我连笑一下的权利都没有。

晚宴上有好酒好菜，那个滑稽的服务员在我旁边，我笑了。我逗他，俩人都笑得很开心。我已经很久没有笑得这样开心了，久到我甚至不记得人们可以这样子大笑。

在纽约我不得不笑得小心翼翼。我偶尔还是会笑，但比从前要少得多。我很怀念这样的笑声，我忽然忧郁起来，想去街上打个电话，为了平静下来。

因为噪音太大，我听不太清楚，但我仍在笑着，我很开心。

我给巴黎的朋友们打电话，我很开心。

有人对我妹妹说，我不知道你姐姐是这个样子，这么爱笑。

她确实爱笑，妹妹说，干嘛要做一个不爱笑的人呢。

我没有笑很长时间。自第二天开始，我没有了任何笑容。

我思忖着，妹妹说得很有道理，现在不是 C 过来的时候。一般来说，我妹妹说的话都蛮有道理，这一次尤其如此。再说，在内心深处我知道她说的有理，所以当她告诉我现在不是 C 来的时候时，我并没有坚持。无论如何，C 不能在她女儿的婚礼上出现。我没有坚持，其实，没让 C 过来我很开心，虽然我也生气。是的，我确实在生气，但我对自己说，算了。再说 C 那么害羞，我确定她不会喜欢到这里来，虽然她并不是因为害羞才不喜欢来这里。

婚礼那天，从早上十点开始，他们就都在那里了。

屋子里很热闹，摄影师、发型师、化妆师，所有人都在那里，都很兴奋。一切都被拍了下来，生活的每分每秒都被拍了下来。

最细微的动作、微笑、姿势，在楼梯上或在别处，一切都被拍了下来，随时都要微笑。

我外甥女在楼梯高处，有人在帮她整理婚纱。

那件婚纱很美，我外甥女面带微笑，也很美。克拉拉把面纱戴在她头上，她先摆了一个姿势，接着又换了一个姿势。一切都被拍下来了，所有的一切。

过了一会儿，我说我已经受够了这些摄影师。我外甥女说，这才刚刚开始呢。她的语气有点冷淡，或者说带了点幽默感，甚至带了点距离感。不，没有距离感，当然没有距离感。但可能带着点幽默，我也不清楚。我在这里做什么呢。我一生都在反对婚姻，但却参加过无数次婚礼，尤其是在我年轻的时候。我每次参加婚礼时都会让自己看起来非常快乐、非常年轻，这是为着我父亲的缘故。我不知道他是否清楚我是另一类人，我看得出他希望有一天也能轮到我举办婚礼。

为什么我反对婚姻，却参加过那么多婚礼？这总归是一个大问题，因为参加婚礼需要打扮得漂漂亮亮，这样的话就没有那么多人注意到我，人们就不会说，喏，就是她还没有结婚。这样做可能是为了融入大家，但我本来就不属于大家。不，完全不属于。我反对婚姻，但我的反对可能还没有强烈到足以支撑我不去参加婚礼。这次是我外甥女的婚礼，多亏我妹妹让我拥有了一个外甥女，让我多多少少融入了大家之中。我融入到人群之中，却愈发感到孤单，一种从未有过的孤单。不过，我有一个外甥女，一个外甥，我爱他们，也便不算太孤单。

其实，谁结婚都不重要，尽管这对于结婚的人和其他许多人来说的确意义重大。

但这改变不了什么，我依然爱他们，这才是最重要的。

对C来说，情况可能更糟。她甚至没有外甥女，而我的外甥女又不是她的外甥女。我的外甥女原本可以成为C

的外甥女，可所有人都假装没有C这个人。

但C确实存在着，她正在纽约等我，而且她的存在感非常强烈，非常真实、太过强烈，或者她只是太有存在感了。她很美，但那是另外一种美，或许过于庄重，时而温柔，时而暴躁，时而羞涩。她应该忍受不了这场婚礼，她不会觉得好玩。她会找个角落把自己封闭起来，大家都会看到她待在角落，一脸戒备。她不像我，不会尝试着融入大家，她只会把自己封闭起来。她会在一个一切准备就绪、每个人都感到快乐的时刻带来一种令人不悦的气氛。

我妹妹会觉得尴尬，妹夫会说没关系，但每个人都会注意到，这甚至会给婚礼的气氛泼点冷水。

不过，前一年的平安夜，C曾在纽约见过我外甥女。那时我们刚到纽约一周，她在一家意大利餐厅里见到了我外甥女和她的未婚夫。那次会面时，一切看起来都很顺利。C面带微笑，一如既往地在认真倾听。我从来没见过有人像她这样倾听。起初我很喜欢这样。那时我对她说，面对很多其他事情时，我都感觉仿佛有一只章鱼紧紧裹住了我。我拿章鱼打比方是因为那时我们刚好在希腊，要是不在希腊的话我就会换个比喻。她全神贯注地听我说完，然后对我说，我们会把章鱼的触手一个一个掰开，这样你就能得救了。

她想拯救我，我能感觉到。是的，她自始至终都想拯救我。

外甥女告诉我，C很可爱，但她对你来说是不是年轻了些。

或许是吧。我耸了耸肩。餐厅里特别昏暗，大家喝了很多酒。我没有告诉C我外甥女跟我说了些什么，我很清楚，假如我告诉她那些，她会对我说，我并不像她说的那么年轻，再说，这很重要吗。

我记得那是一段美好的时光，尽管我们已经开始争吵。

一切都是因为L打了几次电话过来。

我们之前已经开始吵架，L打电话来的那次是我们第一次吵架。其实应该是第二次，可我不记得我们的第一次争吵了。我没把那次争执当回事，可我原本应该认真对待的。

那次吵架是我们一系列漫长争执的前奏。

在我们第一次吵架的时候，后来的一切争端都已初现端倪。

所有让我们走到那一步的一切。至于接下来会发生什么，我当时还不了解，也没有预见到，因为从前我从未经历过那些。

我本应留心，但当时的我毫无戒心。

在我们的第一次争吵后，我本该预感到我应当止步，我本该预感到自己将无法忍受接下来的争执。我厌恶吵架，也不擅长吵架，特别不擅长跟C吵，她很擅长讲道理。对，她太擅长跟人理论了，以至于我也会觉得她说的话一定是有道理的，便屈服了。我以前从未经历过这种情况，从未在对下一次争吵的恐惧中生活。我常常感到窒息。从前我从未感觉被监视。

甚至在笑的时候我都要小心翼翼。并非总要小心翼翼，但有些时候，在跟一些我认识或不认识的人，就比如跟咖啡馆服务员或者别的人一起笑的时候，就得用一种无关紧要的笑声，以显示我与他们只有当下的愉快，没有进一步的发展。

后来C也见到了我外甥，也是在纽约，在婚礼后很久。

我问我外甥有没有觉得她太年轻了，他说还是年轻点好，这话让我非常伤心。我听到这话时想到的是我自己，而不是C。我明白，于她而言，我并不年轻，所以我对她来说并不是很好。

现在，我正躺在我在哈林区的床上辗转反侧。我思忖着，章鱼的触手依然还在，它们正紧紧裹着我。

我睁开一只眼睛，认出了这间在哈林区的房间。

C在这儿，就在我旁边。无论是好是坏，她都在这里。她睡着了。

她正闭着那双黑色的小眼睛，然后睁开了它们，微笑着，用希腊语道了声早安，又说了句情话。我呼吸着，想着今天会是愉快的一天，不像昨天，也不似前天。

是的，不眠之夜已经开始。

她最终还是会睡着。

至于我，哪怕我睡着了，也会很快醒来，满眼泪水。

中午时分，我骄傲地站在她面前，对她说，你很清楚这样不行。我很骄傲，因为我终于能够说点什么了。

她看着我，眼神严肃，在愤怒和痛苦之间摇摆着。

我几乎不吃东西，出现了抽筋和恶心的症状。

她看着我，疑心重重。

不断有包裹送来，是给我的礼物。

我收下了礼物，没有丝毫喜悦。

最终，我们几乎花了一整夜待在我们那台超薄显示器前，看我俩在奈飞上订阅的电影。

那是我们在一起的美好时光。

然后她放了一首轻柔的音乐，应该是为了安抚我，让我入睡，但并没有用。

为什么？

我不知道。

这不是真的。

是真的。

是的，我们曾经有美好的时刻。是的，很美好，简简单单的美好。有时是在那些可怕的争吵过后。

我们二人精疲力竭，所以也感觉好一点了，于是我们不再争吵，直到下一次争吵开始。

有时她会躺在我身上，到最后被奇怪的呜咽声吞没。那是些沙哑的、幼稚的呜咽。她一边哭着，一边享受着。她到底是在哭泣，还是在享受？可能两者都有。我之前从未听到过这样的声音。

有时我会作出回应。

有时我保持不动。

真是一块儿木头，她说。对，一块儿木头。

要知道我们曾经幸福过。

妹妹让我回纽约，我便回来了。我跟她讲了一些关于婚礼的情况，但没有说太多。她听我说话，过于认真了。之前，我喜欢这样，现在却没那么喜欢了。特别是在给她讲一些关于婚礼的故事时，这场她没有受邀出席的婚礼。

我还讲了些其他事。我没有告诉她我跟那位年轻服务员一起欢笑的事，这件事尤其不能说。

事实上，我对婚礼几乎只字未提，我当然不会跟她说我笑过，不会说在犹太教堂里男士和女士分列两边，也不会说婚礼上有很多人。我没告诉她，我外甥女一直在笑，我妹妹穿了条很美的裙子。没有，关于这些事情我一个字都没说。我只是提到了我母亲，提到我很心痛，悲伤欲绝。C 对我说，你母亲可能会去世，这话在我母亲进急救室的时候她也对我说过。我想告诉她，你不能这样说，但我知道这种事可以被提起，尤其是被 C 提起，她经历过这种事。于是我什么都没说。

但我想一个人待着。我不习惯被人聚精会神地倾听，或被看着，甚至被审视。即便没什么东西可看，她也会明白一切；即便没什么重要的东西可听，她也会听到一切。她因为这一"没什么"而痛苦。我也是。

这实在令人感到窒息。我再也忍受不了了。我知道她很痛苦，但我已筋疲力尽。

而且，她一直在问我，你为什么不睡觉。

有一天，C 在超市里被误认为是我的女儿。C 笑了。她说，年龄并不重要，年龄对你很重要吗？我撒着谎说，不重要。事实上，当我在伦敦的车站第一次见到她时，我感到很震惊，她看起来像 17 岁。她什么也没说。我觉得自己疯了，随后又想，无所谓了。

她走着，在三十岁的年纪带着一种十七岁的感觉。她笑了。当她带着那副十七岁的面容笑着打破沉默时，我再一次觉得都无所谓了。

她走着，笑着，但她看向我的眼神是那么沉重、忧郁。

我带着满满一箱书来到伦敦，全是些严肃书籍。我在火车上几乎都没翻过几页。就这样了。我从来没读完过这些书。那不是读书的好时机，后来也不是。我也没有把那些书放在公交车站让别人读。通常我都会把书放到公交车站，但仅限于那些我读过的书。那些放到公交站的书都不见了，我思忖着，有一天我必须得守在公交站对面，看看

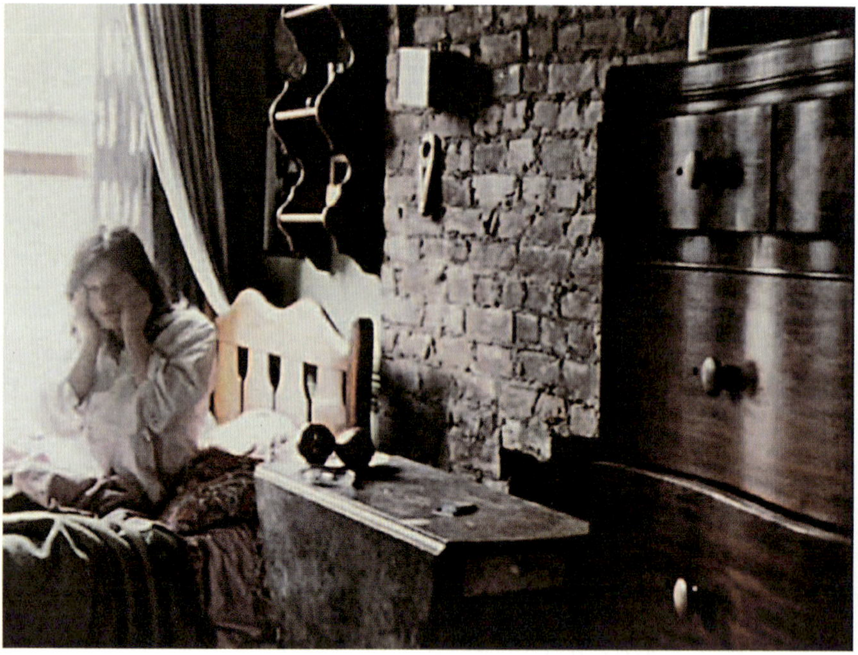

到底是谁把书拿走了，是谁对那些书感兴趣，但我从来没有这样做过。

无论如何，因为这个习惯，我从来没有淹没在书籍里，每次我买新书的时候，总能在巴黎的公寓里找到空间放新买的书。

在伦敦的时候，我俩吃饭、喝酒，我说个不停，我们彼此相拥，彼此相爱。是的，我们彼此相爱，我们已经相爱了很久，我们在相遇之前已然相爱，我们从互通邮件开始便已经相爱，或许我们应该这样继续爱下去。是的，那时的我们疯狂地爱着对方。

我们通过邮件相爱，通过短信和脸书相爱。她会发给我希腊语的歌曲和诗，有时也会发些英文或法文的，或者随便发些什么。我听着那些歌曲，读着那些诗，我的心在跳动着。生活重新开始了。

如今再也不是这样了。如今仿佛是在生命的终点。

我们不再呼吸。

幸好，我们还有狗。

后来，在纽约，在我租的公寓里，在那个她为我打造的家里，她动手打了我。一个应有尽有的家，甚至还有方糖。

后来，我带着一只乌青的眼睛，在街上游荡。

后来，她用桌子的边缘撞我的肚子。

她如此痛苦，如此愤怒，到了用桌子边撞我的程度，撞了至少十五次。我没细数，但好像至少有十五次，就在她让我出去买烟之前。我听之任之，没有去数到底有几次。我渐渐明白，我只需要等她平静下来。可她受了太重的伤害，她太痛苦，根本没办法停下来。我到很久之后才理解了她所受的伤害。我醒悟得太晚了。我只能看到她的愤怒，她的小眼睛那么黑，黑眼珠里根本看不到瞳孔，又或者说，是瞳孔占满了她的整个黑眼珠。

我无动于衷，但我明白我必须要保护自己。

所以，当她打我时，我想，我也得打她，但不能真的下狠手。我不知道该怎么做，但我还是动手了。我对自己说，你也动手吧，你得动手。于是我便动手了。我说不清我是否后悔，我也不知道为什么我会让自己动手。

她打了我的眼睛后，想为我治疗。

我不愿意。

她拿了一条湿毛巾来。我不想要。

她怒气重燃，我有点害怕。我用前臂护着身体，握紧拳头，就像我在拳击比赛中看到的那样。

前一天，还是哪一天，她对我说，不回答我，你就别想离开这间房间。至于要回答她什么，我记不清了。我固执地一言不发，唯一想到的就是万一我想尿尿该怎么办。

她倚着门，盯着我，神情冷漠。

我感觉她要永远倚在那扇门上。

后来，她对我说，这只不过是说说而已。

这是在她打我的前几天。

我曾告诉她，你让我心烦意乱，因为她连我开合笔记本电脑这件小事都忍受不了。我跟她说了这个，这话并不好听，她受不了，我能理解。所以她打了我，发生了疼、她的疼、大敞着的伤口。不管怎么说，她打得没有那么重。

在此之前，我妹妹在墨西哥城附近租了一间房子。由于那边海拔低，我母亲在那儿呼吸得更顺畅。她当然不想见C，但她希望我能过去。我说，我去不了。

无论如何，你还是可以说你得在母亲身边。我不能这样说。

妹妹说，我会打电话过去，说妈妈需要你。别，别这样做。

情况非常糟糕，我不敢做任何事情。我想我最好还是留下来。

但我想离开。我想远离C，我想去我母亲那里，我想呼吸。但我无法跟她说：我想去看母亲和妹妹。

所以我生自己的气，也生C的气。

圣诞节那天，我对自己说，我要努力，我要搬一棵圣诞树回来。我从街上捡了一棵没人要的树，上了楼。但我俩不知道把它摆到哪儿，也不知道怎么摆。于是C出去找了个东西回来，把冷杉放了进去，还放了各种颜色的小灯进去。这比任何安静的小灯都糟糕。

最后一切都很糟。

两天后，我把C连同狗狗、圣诞树和那些彩灯一起留在了昏暗的公寓里。我在纽约的朋友来接我，我成功地瞒着她收拾好了行李。

我的意思是，她看到了，她只是无动于衷。但我也觉得她并没有看到，因为她待在房间里，没有反应。而且我的东西都在那间小"办公室"里，我从来没在里面工作过。

坐在飞驰的出租车上，我和我的朋友撞在一起。我跟他说谢谢。他让我不用道谢，然后他对我说，至少她不会自杀。

我害怕了，我想了想，我说是的。因为那只狗还在那里。她很爱她的狗，她的狗也很爱她。

我立刻动身去那间租来的房子里跟我母亲和妹妹会合。那时我已经挨挨打，母亲一眼就看出我不对劲。她跟我说，你的脸看起来变了形，但我看不清楚，我不确定。我说，你的感觉没错。

妹妹心疼地看着我，妹夫说，都会过去的。

妹妹一瞬间意识到了C是一个真实存在的人，因为她对我的同情。

妹妹说，怎么会这样。我耸了耸肩说，从前也有过美好的时刻，那时我觉得自己还活着。

那时我觉得一切都会好好解决，甚至我糟糕的身体也会变好。

妹妹大声告诉我，你的身体不糟糕，你只是脆弱，仅此而已。

对了，在米兰的时候有人给我看过手相，他告诉我，我得照顾好你。真的？我很惊讶。他真的这样说？是的。我经常担心你。你要小心一点。我很小心的，我每天都吃药。不，你不够小心，我很担心。你走路不看路，老是飞来飞去，你知道倒时差对你身体不好。你最好安安静静待着，而且要少操心。你老是操心过度。我没有啊。你就是爱操心，我看得一清二楚。你也一样，也爱操心。是的，我偶尔也操心，但和你不一样。你一操心起来，那就不得了了，这对你来说也有害。你操心的时候我并不总是在，后来我再跟你说，你又听不进去。你说，没关系的，都会过去的。确实，都会过去的。

到目前为止，从前的事情都已经过去了。但谁知道呢。

我关心你的病，经常有得了这种病的人跳窗自杀。我不会的。你不会，到现在为止不会。但你老是犯病，我受不了。

我也受不了，但我知道一切都会过去，我每天都跟自己这样说。就是这样。我得了这个病，但我无能为力。

但事情不该是这样的。

可是错不在我。

是的，你没错，但你没保护好自己。你看看你自己现在是什么样子，你的眼睛都青了。我希望你不要再见她。我不明白你怎么会把自己弄成这个样子。

我也不明白。

我告诉过你，我不喜欢她。妹夫说，你别唠叨了，她是你姐姐。这就是为什么我唠叨，妹妹说。

你不喜欢她，我知道。她想帮我摆脱我的病，有一天她甚至说，我给了你一个家，但你并没发现。她是早产儿，她母亲在她小的时候就去世了。那又怎样？我也不知道。我们说了很多很多。是的，你和什么人都说话，然后挨打了。

但那是第一次。之前，没人打过我。

是的，但你还是受到了伤害。谁伤害了我？那些女孩子，她们伤害了你。没有，她们并不是都伤害我。不是所有人都伤害你，但她们经常伤害你，我妹妹说。

没有，没那么经常。你为什么这么说？

我对妹妹说，我跟C说她让我很烦。妹妹说，这不是打人的理由，你看看你自己，你得剪剪头发，你的头发完全不成样子了。这里有几个挺不错的理发师。

母亲听见了我们的对话。她说，你去剪吧，剪头发能让你换换脑子。

我不去，我对妹妹说。母亲没听到我的回答。剪了头发会让我乌青的眼睛看起来更加糟糕。

我去给你买副大太阳镜来遮住眼睛，但它遮不住你歪掉的鼻子。她肯定很重地打了你。她没有。再说，我还把拳头挡在脸前面。我自言自语道，下次我要打回去。你，你会打人，我不大相信。

或许她打我打得很狠，但我没有任何感觉。

那天，我只看到了她的愤怒。现在，我还感受到了她的痛苦。

那天她叫我去买烟。我带着手机，瞒着她偷偷给我最好的朋友H打了个电话。好，H说，我这就到。

回到公寓后，我把烟扔到了她的脸上。我在电影里见到过这种画面，便照做了。但这是错误的。她明白，但她没有说什么。

H很快就到了。他脸色苍白。C脸色苍白。我也脸色苍白。

H用很温柔的语气跟C交谈了几句。我忘了他们说了什么。

他拿起我的行李箱,我们出了门。C没有走。那条狗也没有走。

几天后,C带着狗回到了伦敦。她在第三区的一间阁楼里安顿下来,这件事我后来才知道。有人收留了她。她在哈林区的公寓里留了一些箱子,除了上次她在巴黎留下的那些东西,她所有的东西都在这些箱子里面了。我不得不处理这些箱子,不得不把它们寄回英国。她之前给我发过一封电子邮件,里面有地址。我从来没听说过这个地方。

我们在妹妹租的房子里过新年。我们喝了香槟。那里有个游泳池，我母亲就远远地看着那个游泳池。

她感觉非常虚弱，护士也陪在一旁。她问我纽约是什么样子。很好，我说。

肯定很好，我很满意你在大学教书，你自己可从没好好上学。你不满意吗？我不知道。无论如何，你会教下去，对吗？

我不知道。你不知道？你不知道。你什么都不知道。

你的学生们呢，你的公寓呢，都怎么样？挺好的。

有一条长长的走廊。你喜欢长长的走廊，你总是把它们放进你的电影里。是的，走廊尽头有两个房间，一间大一点，另一间小一点。左手边有两扇门，一扇门通向厨房，另一扇门通向浴室，浴室漆成了浅蓝色，浴室里有一扇窗户。

厨房里应有尽有。

一台冰箱。

一台煤气灶，一个烤箱。

一个微波炉。

一个大水槽。一台洗碗机。

一台洗衣机。

走廊的另一侧有两个没有门的出入口。

厨房的对面是餐厅。

餐厅里有一张黑色餐桌。六把黑色椅子。一个黑色碗橱。

母亲说，有洗衣机和微波炉真好。是的，很好。不过为什么所有家具都是黑色的？

还有，你至少请了一位清洁工吧？她偶尔会过来，但她说西班牙语。你应该至少每周请清洁工来一次。你尤其应该这样做。好的。

起初，我处于迷迷糊糊的做梦般的状态，或许这就是我本来的状态。我做好了一切准备，给她寄还东西也好，收她寄来的东西也罢。后来，C继续给我寄了一些东西，但我只是断断续续地收到它们。

我不想给她任何东西，我勉为其难地给了她一张丑陋的沙发，是最便宜的那种摆在街上的沙发。几个月后，她在给我的信中写道，小气，吝啬。她说得对，也不对。或许她说得对，这是我唯一的自我辩护。

现在我这样说，是在为自己找借口。

但我在打一场仗，一场暗战，一场冷战。我本不该这样做。

纵使是到了现在，我也无法想象当时我应该做些什么，或者能够做些什么。如果一切重新开始，我也会做同样的事情，但会用不同的方式。

街上的那张沙发，我曾经路过它好多次。它就放在橱窗前的人行道上。我甚至试着在上面坐过。我喜欢那张沙发，每次路过时都会更加喜欢它。

最后，我对C说，来看看这张沙发。我说，这家店很丑，里面的家具也很丑，但这张沙发还可以，我不知道是为什么，但它还不错，你不觉得吗。

她那双褐色的小眼睛到处张望，最后停在了那张沙发上。是的，她觉得它还不错。

我们把它买了下来。

它被人送了过来。

我们把它放到了空房间里。

我们很满意。

我们俩都喜欢这张沙发。

随后她订购了很多东西。

我们用这些东西把它围起来，大概这样它就不那么显眼了。

在那家C被误认为我女儿的超市里，我们没找到方糖。

我喝咖啡必须加一块方糖，我会把糖放在齿间，再喝咖啡，就像这样。我觉得我那三位姨妈在她们那个时代也是这样喝咖啡的。

有一天，门铃响了，那天我听到了门铃的声音。

我起身去开门。

是快递员，他拿了一个小包裹。

我带着一种装出来的兴奋打开了它。

里面是方糖。

我回来时还剩下一些方糖，C已经不在那里了，我很开心。我喜欢在喝咖啡的时候在舌头上或在牙齿间放一块方糖。

我就是这样喝咖啡的。我不喜欢把糖放进咖啡里。

还有坚果巧克力，冲泡热巧克力的粉末。她喜欢所有甜食。

今天在巴黎，我看到了达能的甜点，是一种用大米和牛奶做的甜点，还看到了希腊奶酪。我差点就要买一些了。

之前我给她买过这些东西，还买过焦糖布丁。我们嘴对嘴喂对方吃这些东西。

起初，这是一场炙热的、令人激动的剧变。

同样的话被不停重复着，这让我学会了一门古老语言中的情话。

我说了那么多话。我本不应该如此。

是的，我重生了。

我不再是看着母亲死去。

我不再是行尸走肉。

我有生命。

一个完整的生命。

一个充盈的生命。

我母亲在叹气。早上我感觉不好,最不好。然后我会好一点,你没发现吗?早晨的餐点颇有热带风情,早餐时她一直闭着眼睛。我说话时,她会睁开眼睛。我一停下来,她就会重新闭上眼睛。说点什么吧。你一定有话说。

可说什么呢?你想说什么就说什么,说你做了什么,说吧。任何事情都可以。

好,我努力。但我脑子里一片空白。你想让我跟你说什么。我都感兴趣。跟我讲讲你在纽约的学校吧。啊,别,尤其别说这个。没什么好说的。我一周教三个课时的课,就这样。我有十四个学生,就这些。

他们来自世界各地,就这样。

我在脑海中搜寻了很长时间,关于过去这可怕的一年是否有什么可说的东西。好吧,我几乎一直都在寻找值得被提起的东西。尖叫、无尽的沉默、殴打、失眠、腹泻、老鼠、老鼠药、跌倒、崴了的脚、受伤的膝盖，以及冷汗和热汗。我不打算说这些事，也不打算说其他事。

床上的咖啡和意面。洋甘菊茶。任务式的亲吻。我不会说寒冷、炎热，不会说那里奇怪的气候。也不会说和狗在一起的清晨。再说，我母亲只喜欢小型犬，她不会喜欢 C 的狗。就算天很冷，我母亲也不会可怜 C 的狗。纽约的天很冷，那只狗会吠叫。

是的，早上沿罗斯福路一线很冷，河边也很冷。

风以每小时数百公里的速度吹来。或许风速没那么快，但风力非常强劲。

狗在发抖。我们也在发抖。

当它看到另一只狗时，它吠叫起来。为什么。

或许是出于恐惧。我们没法阻止它。

傍晚时分，我们甚至常常走不到河边。我们会去百老汇大街的中间，那里不是很远。但路两侧有车流，而且会有穷人坐在那里，一坐就是几个钟头。我们和狗一起踱步，直到它自豪地坐下来，拉出一条屎来。随后我们很快便会返回公寓。

有时候我们会散很久的步，要遛它很长时间。我们想催它走，但它保持着自己的节奏，到了时间它就会坐下来，它有固定的时间点。它需要在这块小地方走来走去，那里有长椅，长椅上坐着穷人。

有时无事可做，它也不想坐下来。

我们跟它说，你的时间到了，我们不会再走下去了。它毫不在意。

一旦它看到远处有人或狗，它便会吠叫起来。别叫了。但它还在叫。有时这让我感到很烦，有时我会任它叫。我跟自己说，它需要吠叫。

特别是我们俩每次要离开公寓，要给它戴上嘴套的时候。给狗戴嘴套是件伤心事。但我们那位亚裔邻居可不会放任我们不给狗戴嘴套，他一定是在为他家新出生的宝宝和他罹患抑郁症的妻子担心。几周后，我在街上见到了他，问他家里的情况是否还好。是的，他听不到狗吠了，但他家浴室的天花板渗水了。我一定是忘记了，让浴缸里的水溢了出来。我告诉他，我没有忘记关水。但我确实没关。

几周后，我们决定不再给它戴嘴套。我们觉得它应该已经适应了新环境。在离开公寓时，我们先关上门，然后在门外听了很久。什么动静都没有。它走了几步，之后应该是躺到床上去了。我们松了口气。终于解决了一个问题。

对它来说，幸运的是，我们不常出门，就算出门也不会离开太长时间。我们会去超市，去街角的墨西哥餐厅。

餐厅里只有我们两个，还有一台发出巨大噪音的电视机，我们能聊聊这台电视机，聊聊令人难以忍受的噪音。有一次，我甚至试图和一句英语都不会说的女服务员说话。

为了向她解释，我捂住耳朵，又转动两个手指，示意她把声音调小一点。她把声音调小了一点点，真的只是一点点。有时一个疲惫的男人会在柜台前喝啤酒，他可能需要噪音，他可能喜欢这声音。不久之后，这间餐厅关门了。

真可惜。我喜欢这家餐厅，它位于街角，我一直很喜欢位于街角的餐厅，在巴黎，在布鲁塞尔，在哈林区都是这样。

墨西哥的街角没有餐厅，也没有烟店和报亭。它们都在很远的地方。必须要开车去才行，可我又从来没开过车。我跟C说，你学学开车，我们开遍美洲。她答应了，但并没有去学。

餐厅旁边有家很小的咖啡店，我在这家店买烟。我会在那里讨价还价，有人跟我说必须得还价才行，我便照做了，价格也被还得越来越低。

香烟被藏了起来，店老板让他侄子去取。他大声叫着，埃里亚斯，去拿Yellow。Yellow是那些烟的代称。老板比了很多手势，想让我们明白这些烟据规定是违法的。我想知道他是从哪里弄到这些烟的，但这一直是个谜。

当然，狗不能进这家小咖啡店，我便把它和我扯着的牵狗绳一起留在店门口。后来我看到有只狗在店里，便让我的狗也进去了。店老板在左侧的木板上贴了几章《古兰经》，他没说什么。不过我知道，对于信仰《古兰经》的人来说，母狗是不洁的。

不，没什么能跟一位母亲说的事。

我找过了，但找不到。我说，我不再喜欢纽约了，尽管冬天那里的天很蓝。你不再喜欢纽约，可是你之前一直很喜欢纽约。现在不了，纽约变了，或者说，我变了。或许我不再是为纽约而生。我母亲说，我只去过一次纽约，我、你爸爸、你叔叔和婶婶，我们从加拿大开车过去的。

当我们经过哈林区时，你叔叔关上了车窗。他说那里对白种人来说很危险。现在你在那里。现在跟以前不一样了，妈妈，现在一点都不危险。我到的时候带着很多行李，总是有同楼的人帮我，有时他或她会说：我这样做是为了上帝。我笑着说，与此同时，您也帮到了我。

他们有这么虔诚？不知道，但我感觉我同楼的邻居的确挺虔诚。

虽然我没那么虔诚，但多少还是信一点。我相信举头三尺有神明，但我不知道是什么样的神明。有时我会好奇。你呢？我不信教，不过我倒希望自己是个信徒。

或许那样我就能获得安宁。

是的，我父亲就感受到了安宁，他非常虔诚。他慷慨温柔，可能是出于他的信仰。可是他还是像其他人一样逝去了。

这太糟了，让人特别伤心。我真希望你能认识你叔叔婶婶。他们两人性格迥异，不过相处得很融洽。他们的婚姻是包办的，但他俩相敬如宾，没有夫妇能比他俩相处得更好了。好吧，至少他们在去世前相处得很融洽。

他有一副好嗓子，她有一双仙女般的手，你应该看看她是怎样画画的。俩人说到底都是艺术家，你就是遗传了他们。

之后，我回到巴黎和布鲁塞尔待了一段时间。我的眼睛上还有乌青，我戴着太阳镜。

我没有上粉底液，因为我总是用不好。

在过边境的时候，我看到别人在看我。

于是我用一根手指遮住了鼻子。

我回到家里，回到我的公寓。我带了一块地毯回来放在客厅。这是一块仿东方地毯，我从小贩那里买的，当真正的东方地毯买的，所以花了很多钱，不过我不在乎。我只是想要这块地毯，仅此而已。

而且我很高兴我买了这块地毯，就算是仿造的，它还是很美。我看着它，心想，我真喜欢这块地毯。我很少给自己买东西，所以这回我很开心，哪怕它是仿造的。

我在巴黎很孤独。没有人听我说话，没有人观察我。

我很孤独，但感觉还不错。

没有人问我你为什么不睡觉。

没有人听我打电话。

没有人观察我，甚至没有人看我。

我对自己说，我应该记住我们曾经也有幸福的时光，弥足珍贵。

我应该记住，光线偶尔也会穿透墙壁。

我好奇光线是怎么做到的，但它就是透了过来，那很舒适。

我曾跟她说过三次，和你在一起我很幸福。第一次是在希腊的一个岛上，一间位于一楼的小房间里；第二次我记不清了，但我知道我对她说过；第三次是在哈林区，在那间墨西哥餐厅的露台上，那天我们俩都喝了鸡尾酒。后来，我生病了，不过问题不大。那天差不多就是她到纽约的那天，当时天气很热。我们在露台上抽烟，没人盯着我们，没人说我们，没错，我俩感觉很棒。

再后来，一切都变了。我去买了百老汇大街上最丑的家具，这并不是一个巧合。

有一天她对我说，我给了你一个家。这是真的，可我甚至没有发觉。

是的，快递员们不断上门送东西来给我打造一个家。每次门铃响起的时候，我会说，还有啊。

她在流血。我不知道。我眼前空空。甚至看不到她那张漂亮的脸蛋正变得阴沉、悲苦，也看不到她双眼中的瞳孔变得越来越难以识透，什么都看不到。我甚至没有再看她一眼，没有，一眼也没有。

为了工作我去了布鲁塞尔，住在我母亲的大公寓里，公寓空着没人住。

没有人呻吟，没有人住院，没有人写购物清单，没有家庭护工。只有我一个人，我看着电视。天气很冷，一楼的孩子依旧在花园里玩耍。

我心想，我不能把房间弄乱。有一天她会回来，她一眼就能看出来房间乱不乱。

离开的时候，我没有弄乱房间，并用钥匙锁好了门。

得把钥匙在锁孔里转四次，我照做了。

以前不是这样，转一次钥匙就可以。有一次公寓失窃，

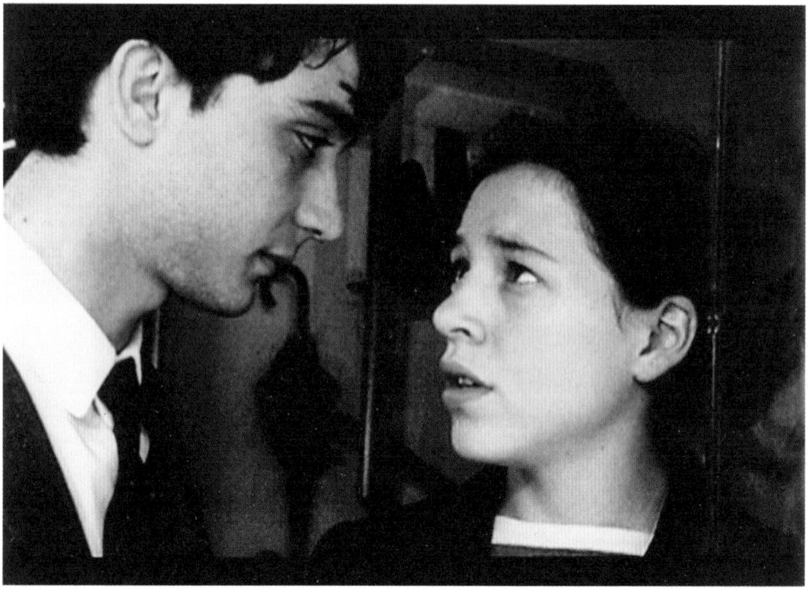

父亲给母亲买的所有珠宝都被洗劫一空，从那之后，我们不得不锁好防盗门。我们必须要把钥匙在锁孔里转四下，这样如果再次发生意外，保险公司才会赔偿。

人人都说布鲁塞尔不似从前，这里现在有谋杀，有盗窃，有人在街上被袭击，所以大家不得不装上防盗门。应该做的事情我全都做了，我没有伤害任何人。仔细想来，我也看不出自己能做出什么伤人的事。但无论如何，我孑然一身。从前我曾深深伤害过别人，那够了，永永远远地够了。

在哈林区，我经常不锁门，但什么都没发生过。

后来我又坐了一次飞机。我眼睛的乌青消退了一些，鼻子也直了一点。

我带着很多行李回到哈林区，精疲力尽。母亲的钥匙掉在了街上的某个地方，之前有人叮嘱过我千万不要弄丢钥匙，我跟他们说，当有人叫我别弄丢钥匙时，我肯定会弄丢。看吧，钥匙真的丢了。我回到公寓时，走廊上的灯还亮着，我把行李随便丢在走廊里，一眼便看到了那堆箱子和 C 的包，不久便会有人来取走这些东西。我走进厨房，捕鼠器盒子里亮着一盏小红灯。我们为处理这些老鼠做过很多努力，甚至曾请人带着一卷橙色金属丝上门，他漫不经心地告诉我们，老鼠吃了那些金属丝就会死。我感到一阵恶心,这真的是个好办法吗。那人已经习惯了,他不介意。我们也堵上了几个洞口,但还是有老鼠出没。

我心想,好吧,明天再说。第二天,我把盒子里一只干掉的死老鼠装到塑料袋里扔了。

我明天会处理好这些箱子。

第二天,箱子都被发走了。

虽然那些箱子没有那么多,但是没有它们,房间里显得空空荡荡。

我自言自语道,空一点好。

即使箱子不多,它们的存在感也很强。

我喜欢这种安静,一开始我便说话太多了。我喜欢这种安静,没有人再在这里指责我。

起初,我很能说,滔滔不绝地说。

我无所不谈,语速很快,我得把将我们分开的这些年都讲一遍。或许我不应该这样做。那是在后来,在很久以后,我才意识到自己或许不应该说那么多事情。那时一切都已因为过去的时光和往昔的关系而分崩离析,一切都已因为那些永无终结的旧日故事而支离破碎。

我语速很快。她一言不发。她非常认真地倾听着,认真得可怕。

从来没有人像这样听我说话。

后来，很久以后，她才告诉我，而我才知道她是早产儿，她出生时非常小，只有两千克重，就比她双胞胎姐姐晚出生一小会儿。她被放在保温箱里，她父亲注意到她那双棕色的小眼睛滴溜滴溜地看来看去，那是一双大有前途的眼睛。她父亲已经爱上了她，并且从未停止爱她，她母亲的爱则已随着她自己的终结而终结。

他们有三个女儿。我想，夫妇二人已经为他们三个女儿付出了一切。特别是她母亲，同我母亲一样，想让她的女儿们过上与自己不同的生活。所以，她的女儿们要好好学习，而且要努力，永远都要更加努力。我感觉她应该很严厉，也很受人尊敬。我不认识她，也不认识那位父亲，也不认识他们的另外两个女儿。我感觉我在Skype上见过我那位"婆婆"的照片，是的，我能肯定，照片上她和我年纪相仿，是一位活力满满的"婆婆"。这是我对"婆婆"的全部印象。我见过的另一位婆婆是我妹妹的婆婆，我对她印象深刻。她很年轻就去世了，和C的母亲一样，只不过C的母亲去世时更加年轻一点。她去世时太年轻了，以至于没能看到三个小女儿长大。她对她们寄予了那么多希望，尤其希望她们能拥有不一样的人生，能拥有与她不同的人生。可她去世了，她没能看到三个女儿长成了什么样子。她不知道她们有没有受苦，也没有看到她们如何应对生活，好也罢，坏也罢。她永远都不会知道C读了博士，

她写作，还会吹奏萨克斯管。C的母亲已经永远离开了。因为身为女人而在这么年轻的年纪死于女人才会得的疾病，这不公平。当然，就算有任何其他的缘由，都不怎么公平。然而我们无能为力，她已经死了。我们每天都会老去一点点，当然如此，可无论如何，没有经历过一点点老去的过程便在年轻时骤然面对最终的死亡，这不公平。尤其是她还有丈夫，有三个小女儿，可就算没有这些人，这也不公平。特别是在一个人还未决定死去的时候。哪怕他已决定，也是因为他难以忍受这每天老去一点点的生活，是因为他觉得这样的生活很可怕，就像L的弟弟那样，我很爱他。我对待他就像对待我的亲弟弟，尽管他差不多有两米高。

于他而言，生活已经变得难以忍受。然而，他什么都有了，还有两个姐姐。他写作，一直写作到最后。他刚开始写作时会让我读他的作品，我说，你是作家，一个真正的作家。他写了又写，最终写成了一本漂亮的书。再后来，一切都结束了。

他当时正在经历地狱般的生活，他再也等不下去了。我不想谈起这件事。这是很久以前的事了，可仿佛就发生在昨天。我们曾经一起度过美好的时光。我们在咖啡馆的露台上喝鸡尾酒，我们无话不说，我们也会谈论刚刚一起看过的电影。

他的去世对所有认识他的人来说都是一件可怕的事情，那时我父亲还在世，他对他姐姐说，他现在很好，他获得了安宁。现在是你，你妹妹，你父母亲和所有爱他的人在受苦。这话没错，但并不能安慰人。葬礼上有很多年轻人，这真可怕，因为这会再一次让我们想到他也还很年轻。那天是晴天，但这更糟糕。与季节不相符合的晴天，一如他的英年早逝。

L摔倒在机场，当她知道她已不能为弟弟做任何事情了，他已经死了。她看见她姐姐摇了摇头表示"不"，便摔倒了，是摇头的动作让L明白自己已无能为力。当时还有一个朋友和我们在一起，可惜我现在已经见不到那位朋友了，我一直很喜欢他，可他大概不喜欢我，不然我们还会再见面。

是这位朋友开车送我们到戴高乐机场的，后来在我父亲去世时，他又把我送到了布鲁塞尔。那时我们还是朋友，我私下里会称呼他为哥哥，我的大哥，因为我们俩有很多共同点。

现在我们依旧有很多共同点，但他不想做我的朋友，也不能再做我的朋友了，总之，我们的关系不再紧密。我一想到这些就感觉痛苦，幸好我不会常常想起，不然我便会一直痛苦，可我已经够痛苦了。有时，我会厌倦如此频繁的痛苦，所以我会避免想起很多事情，可这并没有用，因为我还是痛苦。我只好躺下，去睡觉。生活中我睡得很多。

我几乎总在睡觉，不过问题不大，我非常喜欢我的床，尤其是在巴黎的那张，还有布鲁塞尔那张。纽约的床就稍逊一筹，它太软了，弄得我背疼，幸好现在我的一个学生帮我按照床垫的尺寸切了一块木板。C离开后，我在床上度过了那么多时间，我的背痛得太厉害，有一天我只好把床架拿掉，把床垫放到地上，之后我的背便不那么痛了。可床垫离地面太近，起床变成了一件苦差事，个中原因我好像明白，又不明白。因为床架的阻挡，我无法绕过床垫。好吧，我可以绕过床垫，但得十分当心，一不小心脚便会撞到床架，疼得要命。有一天，M来了。M，我终于再次见到了她。我们又找回了我俩之间的亲密关系，仿佛从未离开过对方。

她把床架挪到了另一侧，这样我就不会撞到它。我想知道自己为什么没有想到给床架挪个地方，我自言自语道，当然了，我不会想到这种事情，因为我基本没有务实的头脑，除了偶尔几次之外。

有一天，我和一个朋友在法国海边一个昏暗的酒店房间里，我们俩都睡不着，因为马桶一直在冲水。我只得去把马桶上面的水箱盖打开，在里面某个部位放上了一条毛巾。谢天谢地，在这之后我们终于能睡觉了，我朋友简直不敢相信。她一直记得这件事，记得我非常有务实精神的那唯一一次。后来每当我们想欢笑的时候，我们就回想那件事，是的，多么务实，我们说。如今我俩互相讨厌，我们早就不再一起欢笑了，就是这样。我们闹翻应该有一段时间了，尤其是我，我特别生她的气，好吧，这是我的想法，她肯定觉得她很生我的气。但既然如今我们俩已经吵翻了，我便没必要设身处地为她着想，去关心她可能会怎么想。我以后只要考虑我自己的想法就可以，至少目前是这样。奇怪的是，虽然有很多让我伤心的事情，但这件事却不是其中之一。那时我一定非常生气，可现在我们闹翻了，我俩不再见面了，我也就不再生气了。也多亏了我们不再见面，她便无法再给我任何新的生气的理由。我曾经非常爱她，可如今我不再爱她了。我曾经多么爱她啊，她或许也爱过我，但自从有了第三个人的介入，自从那个男人出现，我想说，她对我的爱便不再作数了。我明白，于是我默默承受痛苦。可我心里一清二楚，我不想表现出痛苦，我强颜欢笑，直笑得脸颊作痛。我假装一切如常，她也是。可无论如何，于我而言，一切都变了。于是我离开，忙着做很多事情，比如去拍电影，或者去做能让自己沉溺其中的事，这样我便不再痛苦。我全身心投入其中，觉得很开心，这种日子很快活。尽管让自己忙起来以消弭痛苦这种方法并非常常奏效，但每当这样的时刻来临，我都感觉自己飞了起来，双脚离开了大地，忽然连逛超市都变成了一件简单的事情。

然而，每当那个男人因为某种原因离开，她便会回到我身边，我们会和好如初，这才是我和她之间最糟糕的状况。一旦有新的男人出现，我们便重蹈覆辙，我又要笑到脸疼，是的，一切都会重新开始。当然，我理解她，我理解所有的一切，情况就应该是这样。一切都要重来，我又要去忙这忙那，日子又会变得快活无比。当日子快活的时候，我们不会在乎自己每一天都在向死亡趋近，完全不会。我们只会觉得生活真舒服，活着是件美事。我们会享受生活，减少睡眠。我们活着，我们享受生活，我们感受着生活中的一切，我们变得爱笑。

现在我们不再生彼此的气了，谢天谢地。我认识她这么长时间了，我俩一起调皮捣蛋，一起做了很多其他事情。我们不能一直赌气，可今非昔比。说到底，是太可惜了，如今我们俩之间只剩下偶尔互通的邮件。不过能互通邮件也算我们之间还有联系，也许有一天我们会重逢，到那时一切依旧会像从前一样。

当我读到她的邮件时就应该明白，从一开始，甚至在这一切发生之前，一份明明白白的嫉妒之情就以一种幽默的方式显露了出来。我只看到了幽默，我错了。

当我这份嫉妒影响到我的时候,我总会把它藏起来。

我总是这样做。然而,我也有我的理由,我有很多理由去嫉妒、去痛苦,但在我那个时代,没有人会把这些事情说出来。

譬如,大多数时候她们会因为一个男孩而离开,之后会回来找我,然后再次抛弃我。我则会微笑着接受一切。直到现在,每当我想起这些过往,我都会觉得自己很蠢,觉得自己本不该这样做。我不应该这样做,可它却变成了我的第二天性。

有一天,我甚至想了结自己,但要微笑着结束自己的生命,一定要面带微笑,就好像这是一个无关紧要的表情。幸运的是,我活下来了。之前我经常有自杀的念头,所幸到目前为止,我已经熬过来了。我告诉自己,我不能对母亲做这样的事情。之后再说,等到她不在的时候再说。

今天门铃响的时候还不到九点,因为时差的缘故,我还在昏昏欲睡,毕竟我刚回来,很难入睡。

今天是星期天。我觉得可能是 C 在敲门,不对,不可能是她。这不像从前她突然不请自来的那种样子。

我几乎没穿衣服。我已经喝了咖啡,在给浴缸放水。我没应门。门铃还在响,我问是谁,但我没法去开门,又问了一遍是谁。一个女人的声音答道,灭虫员。我说,一切正常,虽然我觉得这里明天就会被蟑螂占领,不过无所谓。

无所谓,她已经不在这儿了,我才是被烦扰的人,何况明天还早。

她离开了公寓。在一切之后,在所有的一切之后。无数封电邮情书,对未来的计划,无数的欢笑与泪水,直到后来泪水变得越来越多。

我告诉自己,我不再爱她,这样更好,我已经开始怕她。我曾对她说,我不再爱你了。她回我道,这不可能。我看了看她,随后离开了。如果这话出自他人之口,我或许会相信。但这话是她说的,我不再相信了。

门铃又响了。我打开门。又一份礼物到了。这确实是一份多余的礼物。我花了好一会儿才打开它。我不记得那是什么了。

之前我问妹妹应该给外甥女准备什么结婚礼物,她让我包个红包来。我包了一些钱,本以为已经不少了,直到我把红包给我妹妹,我才意识到这没多少钱。我从来就不懂得应该怎样送礼。我感觉自己很狼狈,有点尴尬。

我一直不知道应该如何送礼,当 C 送我礼物时,我几乎没有看过它们几眼。有时为了取悦 C,我也会假装看看那些礼物。但说到底,我并没有把它们看在眼里。

我记得父亲参加婚礼时总是给人家一个信封,里面装着钱,比我装的钱少。但那是很久以前的事了,可能父亲包的红包更大,谁知道呢。

在C离开后,我回来了,我开始在街区闲逛徘徊。

烟贩问我,你的女儿去哪里了。

房东问我,C怎么了?

门房问我,C去哪了?狗去哪了?

西班牙邻居问我,C呢?

当我不在街上闲逛的时候,我就躺在床上。我会吃上几片安眠药。

我没买吃的,我吃完了之前几次购物买的东西,吃完了意大利面、米饭,起初还会加番茄酱,后来就不加了。

我的鼻子还在疼,好吧,是我感觉它还在疼。

我对自己说,这样好多了,我不再爱她,我们在互相伤害。但我真的不再爱她了吗,我爱她吗,我现在还在爱她吗。我不知道。无论如何,我还在想着她,尤其是当我偶尔看到之前她买的东西,或当我拿她的杯子喝咖啡时,我都会想起她。

是的,甚至在几个月后的今天,我还在为她忘记打包进箱子里的几样东西而烦恼。一件浅蓝色的T恤,一件粉红色的 T 恤，还有她的运动鞋。

我穿了她的长裤，之后很快就把它洗了，我不想在这一切以后又毁了她的长裤。她一定很想念这条裤子。

我记得，有一天我从纽约给远在布鲁塞尔的母亲打电话，那时她刚回家，结束了她在墨西哥几个月的生活。她充满活力地和我说话，我一再想起当时的情形。她几乎在电话里大喊大叫。

我也感觉好多了，我感觉自己已经为她的死亡做好了充分准备，我准备好了不为她的死而感到任何苦痛悲欢。可当她开口跟我说话，那份压在我肩膀上的、压在我腹中的沉重感一下子消失了。

我告诉自己，我的确在自欺欺人。

我真的一点都没准备好。

当我回到巴黎时，我家里仍有很多 C 留下的东西。我得把那些东西送还给她。我给她发了一封电子邮件，告诉她我在巴黎，我将安排人把她留在我家里的东西送还给她。有不少东西。

我好奇她是否都想要回去。不过这不重要，我准备把所有东西都打包。

她在回信中写道，她想要回所有东西。她写道：当初我把这些东西留在这里，是想要把它们带到纽约去，一次带一点，这样每次都不会花很多钱。我还把一些音乐书留在了你的房间里，如果我没记错的话，它们应该在最右边的窗台上。很好，我想，这样一来我公寓的通风会更好。再说，无论是在巴黎还是在哈林区，我都不希望我的生活中再有任何让我想起她的东西。没有这堆凌乱的东西，我便不会再想起她，我会过得更好。

我不知道那件浅蓝色浴袍是不是她的。可能是。

它肯定不是我的，那应该是她的。我洗完澡后穿上了这件浴袍，感觉很不错。它适合我，我喜欢它。但如果这件浴袍是她的，我会把它还给她。我会把所有东西都还回去。我会把所有东西都叠好，摆得整整齐齐。她会感觉到她的东西都被精心叠放好了，甚至会感觉到我在叠这些衣服时还带着些许爱意。幸好不再是从前那样的爱意。

当我把她的东西都送回去后，我便再也没有理由给她写邮件了。一切都将结束。过去我爱的其实是给她写信。

我是在一种奇怪的情况下开始给她写信的，那很快就成了我最大的爱好之一，但仅限于在那种奇怪的情况下，而不是在生活中。后来，我和她一起毁掉了这种兴趣，这就是我们所做的全部。

我把箱子装好，把它们从二楼搬到车库，这样更方便些。我的一个朋友会把这些东西都带给 C。她会利用这次机会去伦敦做一次短途旅行。她喜欢伦敦，我不喜欢，尤其不喜欢那些千篇一律的街道，特别是那些朝向丑陋花园的昏暗一楼，早上会有狗在花园里撒尿，至少 C 的狗会这样做，它可能不是唯一的一只。不过我也不想知道这件事。现在那只狗正在伦敦第三区的一间阁楼里，必须得有人带它下楼撒撒欢。

我这位喜欢伦敦的朋友会带走跟着 C 到处流浪的箱子，里面有 C 留下的所有物品。其实也没什么东西，她写博士论文时用到的那些书、DVD、T 恤衫、我们去希腊那年夏天她穿过的泳装，还有几双运动鞋。我不禁再次想起她穿着运动鞋时的脚踝。至于其他的，我就不说了。除了一本书，书名是《给予》，它让我感到害怕。我心想，我不曾有给予的能力，随后便想起了所有其他事情。给予，就是投降。

我朋友到伦敦后没有见到 C，只见到了接待她的那位朋友。她感觉，C 躲在楼上阁楼里的某个地方。

一天，我收到一封邮件，是 C 在求救。她没有证件，没有钱，什么都没有，都被偷走了。

我寄了钱。

后来我又收到一封邮件，说她的邮箱被黑了。

当她得知我给她寄了钱，她给我写了一封邮件，结尾处写道，kiss you，亲吻你。

我思考了很久。我心想我不会用"kiss you"来回复，不然一切都有可能重新开始。我写了"take care"。"保重"之类的话。

她并不满意。你对我来说永远是特别的存在,我不记得她是在哪里写的这句话。别让我哭,我回复道。我也哭了很久,她说。

不,我不会再回复了。我以后都不会再回复。再也不会回复。

对,周二,我对母亲说,这次她听得很清楚。

你会待上几天吗?

会的,一直到周五或周六早上。

我醒得太晚。

错过了火车。

最终我还是独自一人。

我感觉自己需要独自待在家中。我已经一个人在家很久了。我不想出门。

我用这四天和母亲交换下周的一整个星期。她对我说,你很疲惫。是的,我很疲惫。

而疲惫是万能的借口。

我刚到,我刚回到我的公寓,我有一堆事情要做。我也有很多事情要做。我有文件、信件和账单需要处理。我明白，我也要处理这些，我自己应付不来。我表妹会帮你做，不是吗？

幸好有你表妹帮我，但我还是受不了。这让我感到害怕。我害怕这类事情，所有与行政有关的事情都让我感到害怕。我也一样，但是，还能怎么样呢？所有款项都要通过银行支付。

墨西哥的医药费高得吓人，我有权享受报销，但得先回答一大堆问题。我表妹在帮你弄，我又说了一遍。对，你表妹在帮我，但无论如何我都得待在她旁边，帮她回答那些问题。她不知道在墨西哥都发生了什么。没错，她当然不知道，不过那些问题都是些程式化的问题，回答都是一样的。不过，照实说会更好。可我不记得在墨西哥发生的事情了。

我也不知道该告诉她些什么，我也不太记得了。

母亲告诉我，她对那段时光的记忆就像一个黑洞。我明白。我告诉她，我真的明白。我甚至不记得自己有多少次要飞过去与她告别。我感觉我已经在飞机上过完了自己的一生。

幸好我到妹妹家的时候，她家里有只狗，那只浑身雪白的狗跟我一起睡觉，它令我平静下来。人们是这样说狗狗们的，人们把它们看得很重。

之前我外甥女的狗被车撞死了，她哭了很久。C对她的狗也有相似的感情。

C在那只狗出生时救下了它，如果没有C的救护，它不会活下来。

C很喜欢动物，她本想成为一名兽医，但C的母亲希望她有更好的发展。

兽医这个职业让C的母亲想起了她曾逃离的乡村，所以她不希望女儿回到乡村。

小时候我不喜欢狗，可自从我养了狗，我对狗的感情便一发不可收拾。我疯狂地爱着它。在它去世的时候，我给母亲打了电话，电话里的我哭喊着。

我从来没有像那样哭过。

C很小的时候就失去了母亲。H问她，像她那样因为母亲重病而早早失去母亲是什么感觉，她只是说没什么感觉。

就在H问她的那晚上，或是另外一天，很可能是另一天，她说，你别离开我。我说，永远不会的。

我想到了她，那个年纪轻轻就失去母亲的女孩。有时她会告诉我从前她是怎么熬过来的。她说的不多，我也不敢问，但我知道当年她母亲的病非常严重，而且是遗传性疾病。所以我曾说过，我们一起去做检查，但我们从来也没去过。

她也没有学开车。

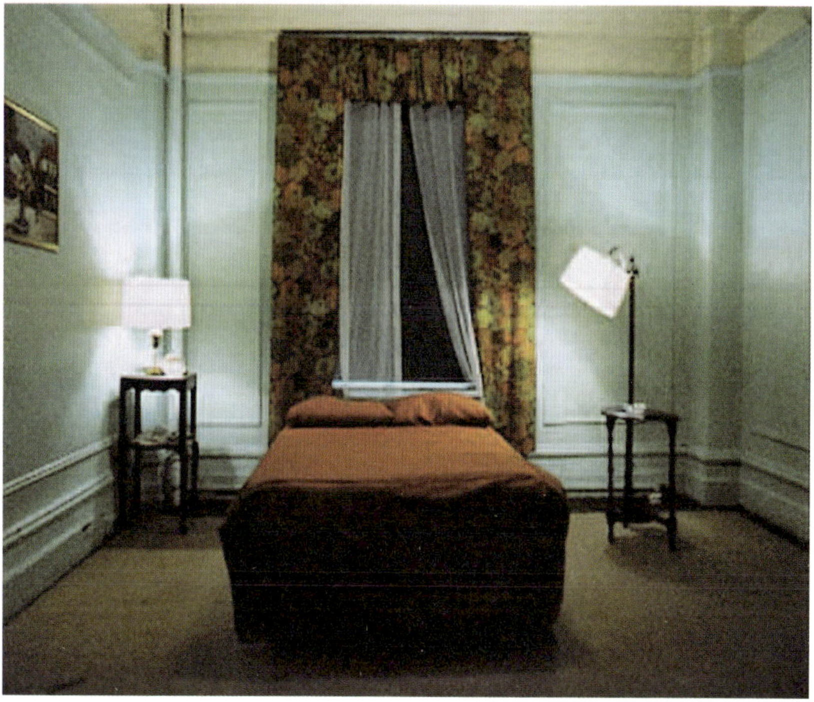

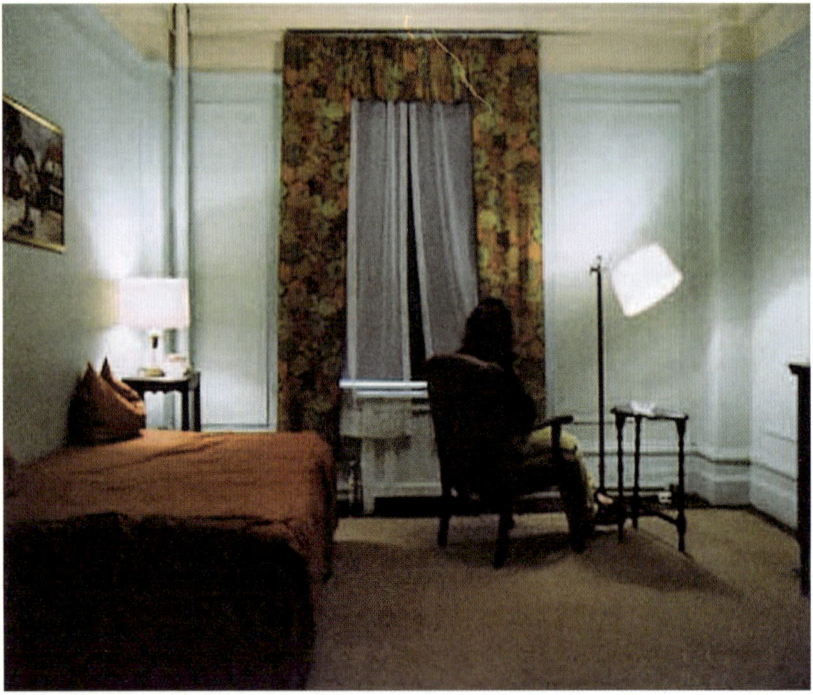

她没有写她的书。

她从她的文件堆上方监视着我,她就是为了这个。

她太忙于此了。

她说,有点嫉妒心是正常的。一点点。或许吧,但并非没有理由。

我有我的理由。

我的狗在临终时受了几个小时的漫长折磨。

我觉得自己在慢慢死去。我无法忍受这几个小时。我试着忍受但我受不了。

人很容易为狗掉眼泪。我从来没有像我的狗去世时那样大哭大叫过。不过它是老死的,而我外甥女的狗是因为没能出生。虽然我说我的狗是老死的,但这样说并不准确。当时它的肾脏堵住了,我和L经常带它去看兽医针灸师,医生拿很大的针头给它扎针。它看着我们,好像在对我们说,你们觉得这样对我有好处吗,你们觉得我得扎针吗。但它从我们的眼神里看出,扎针的确是为了它好,于是就接受了。

有一天,医生告诉我们,他们已经无力回天,但我还是坚持来给它打针,有两天它的步履变得轻快了,也没再因疼痛而发出可怕的叫声,我给在外地出差的L打电话,我说狗已经好多了,它得救了,感谢上帝。哦,我真是松了一口气。我对狗狗说，你过来，来跟L说说话。我又跟L说，你跟它说说话吧，它听得懂。L什么也没说，她的沉默反而让人安心。

我记得是从第二天晚上开始，它又开始痛苦地尖叫。我安抚着它，手忙脚乱。我在它耳边轻轻说话，它似乎听不太清，还在尖叫。我给L打电话说，这次真的要结束了，回来吧，求求你了，我不想独自带它去看兽医。她以最快的速度赶了回来，可已经晚了。最后医生还是给它打了一针LSD[1]，让它在快乐中死去。我们看着它逐渐放松下来，开心地望向我们，随后永远地睡去了。

那时我还和L生活在一起，即便现在我不像从前那样怀念那段时光，但我将永远怀念那段跟她在一起的日子。那时L想要体验一种不一样的生活，我也是，我理解她。之后我们便开启了一段不一样的日子。

M也在那里，她和我在一起，我也和她在一起。我们彼此陪伴。她有孩子，这带来了更多东西。

我非常理解为什么L需要体验不一样的生活，但这种内容实在太私密了，我不能写下来。我不会忘记L，直到今天她对我来说依然很重要，而且永远会如此。

L其实算是我的家人。其实，除了妹妹和母亲，我还有一个家。我知道为什么L需要人陪伴。现在偶尔回想起

---

[1] 麦角酸二乙胺，又名麦角二乙酰胺、麦角乙二胺，简称LSD，是一种强烈的半人工致幻剂，用于安乐死。——译者注

来，我觉得我原本可以把狗给她。虽说如今我是这样想的，可时光不能倒流，而且或许我原本就不想把狗给她。现在L在巴黎，她住在离我几百米远的地方。她和我一样，因为工作的缘故需要经常出差。

当我俩在巴黎碰巧遇见时，她会给我带我喜欢的俄罗斯茶和有机食品，因为她知道我不会买任何东西。她知道我会去街角的餐馆，那里的食物虽然好吃，却不健康，且充满了细菌和其他不好的东西。

有时我也去她家吃饭，她会做菰米、豆腐和蔬菜馅饼，这些东西放在一起吃很美味。其实随便什么食物都会很美味，我们俩一样会很开心。饭后我很累，便躺在她的床上睡觉，而她在工作。床前有一台超薄电视，是我给她买的。我难得送人礼物。她非常勤奋，很能集中注意力，记忆力也好得惊人。我则正好相反。我甚至拍过一部讲述懒惰的电影，我在里面扮演我自己，一个懒人，她也扮演她自己，一个勤劳的人。电影从叫懒人起床开始讲起。我不想当个懒人，甚至有点害怕懒惰，但我得承认，我越来越懒了，越来越不想干活。我的懒正是来源于此。

在巴黎的公寓里，我走出的每一步都让我感到快乐，呼吸是快乐的，上下楼梯是快乐的。我扔掉旧报纸，扔掉那些我再也不会翻开的书和旧请柬。换灯泡。买新台灯。坐坐这里，坐坐那里，起身站站。听听街上的喊叫，然后看看街上。两个大块头正在掐架，大喊大叫。整条街上的人都在看他们，没人上前拉架。我心想，这俩人准会干掉

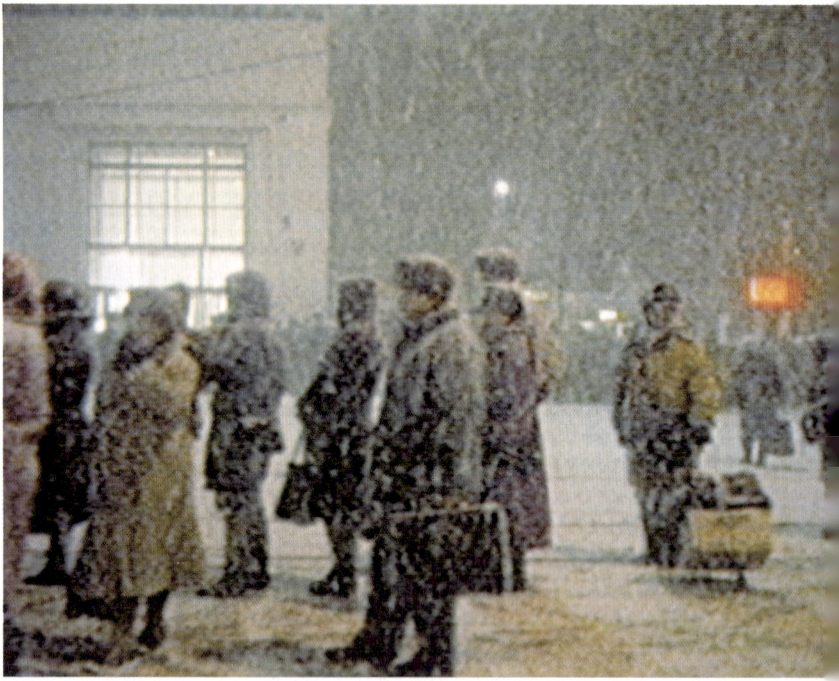

对方。最后我报了警。很快来了两辆车。警察们从车上下来，拉开两人，跟他们聊了一下，不一会儿就完事儿了。打架的俩人甚至一起大笑起来。

一切平静了下来。

我刚刚又在抽屉里找到三件背心，一件白色的，一件黑色的，一件酒红色的，还没完没了了。

我把它们熨平，叠好。

即使她看到我做这些，她也不会相信。她从未见我做过这样的事。我通常会把所有东西一股脑扔进手提箱。也许这就是她所说的"以自我为中心"，什么都不在乎。不在乎她的手提箱，也不在乎其他的一切。

克拉拉和我在外面阳台上抽烟。

晚上她陪着我母亲看电视。

我母亲需要有人陪伴。

从墨西哥回来后,她就有人陪了。

她独居多年,如今再也受不了了。都结束了。幸好克拉拉也离开了墨西哥,过来和我母亲一起生活。

克拉拉说,晚上她要留意母亲的动静,所以她睡不着。

早上克拉拉起得晚。我母亲一个人费劲地弄面包片。她左肩的伤永远不会康复了。

她要费好大的力气才能把咖啡煮上。

我母亲从她的电动按摩椅上站起来。她说她刚刚梳洗完毕，准备再坐回到按摩椅上，护工很快就会打电话来。

你给她开门？可以，当然可以。

她躺在椅子上呻吟着。她每隔一段时间就呻吟一次。一次又一次。

她得去买面包了。是的，我会跟她说。

你没吃药吗？

吃，我会吃。

她在呻吟。如果她能停止呻吟就好了。

昨天大家说了很多夸她的话。她好多了，她的头发也长回来了。真是个奇迹。而且她的皱纹变少了。

可是到吃饭的时候，她没法用受伤的手切肉，也做不了别的。是的，她正在好转。

因为之前情况更糟，无论如何现在都好一些了。又或者是现在我的忍耐力变强了。

把厨房门打开，我想透透气。

今天我们不能出门，可我需要新鲜空气。好在我们昨天出过门了，我吃了一个非常大的冰激凌，呼吸了新鲜空气，看到了人，很好的人。

昨天我没冲澡，我打算今天让护工帮我洗。洗澡会帮我恢复活力。

我再也不能自己做这做那了。我没法穿衣服，也没法脱衣服。现在连我的右肩膀都开始疼了。

你看这个地毯，它至少有四厘米厚，这样一来，就算我摔倒了也不会受伤。是你妹妹布置的这些。不过现在只要你进门就得脱鞋，省得弄脏新地毯。好的，我马上脱。

以后不准在公寓里抽烟，不然我会立刻窒息。如果你想抽烟的话，就去阳台抽。

好的，我会去阳台。

我甚至在阳台上放了一把椅子，我在那儿抽烟。

后来，母亲在这里不再需要氧气面罩，也不需要输血、注射维生素 B_{12} 了。

在这里，她好多了。只不过她忘记了一些事，仅此而已。而且只是偶尔想不起来。

然而，有些事情已经变了。她不再因疼痛而扭动双手。

她也不再在窗边等待。

房间里的氛围有了些变化。

大家感觉好多了。我也不知道为什么。感觉跟之前一样，又不一样。我母亲重生了。当她涂上口红的时候，她的嘴唇也不再像在流血。我告诉她，她很好看。可能是因为她的脸色没那么青了。

她对我说，你看起来很苍白。是的，我知道，纽约的医生说我贫血。

啊，和我一样，我老是贫血。

医生还告诉我，我缺乏维生素D。这跟太阳有关系。那儿没有太阳。她笑了。

我给母亲买了些白色的花。天阴得厉害。

有了鲜花，天气或许不会显得那么阴沉。

我们试了试。效果不是很明显。

我没什么能说的了。母亲在抱怨。说点什么吧。说点什么呢？说你想说的，说你做了什么，说什么都行。

好，我试试。但我的脑子和嘴里完全空空如也。

她对此很伤心。我也很难过。我今天诸事不顺。

会过去的。

我们聊聊天。可是如何让聊天继续下去？你想让我对你说些什么？什么我都感兴趣。

她回去睡觉了，我躲进堆着熨过的衣服的小房间里。

我回去看她，我对她说，我们列个清单吧。

我们来考虑一下这个清单。购物用的。每天都得买东西。当然了，都是护工去买，她们并不是每回都能买对。有时买得对。

好，我没什么意见，母亲说。

那我们去餐馆换换口味吧。好，母亲说，很久没去过餐馆了。

在餐馆里，她什么都吃了，什么都喝了。一大块胡椒牛排、薯条、面包、黄油，还有一大杯红酒。

我给她把肉切好，好像这是世界上最自然不过的事。但我们除了说饭菜好吃，这家餐馆的东西一直很好吃，甚至有人从很远的地方跑来吃饭，就没什么话说。

饱餐后，她就回家了。只有几步路。餐馆就在街角。

我想扶她上楼，但她紧紧地抓着栏杆，身体扭曲、纠缠，最后爬上了那几级台阶。真厉害，我说。

我去睡觉了。

安安静静。

睡得很沉。

我起来看到母亲还没有睡着，便走到她身边坐下，跟她说了纽约的情况。不很详细，但多少有点细节。

她看着我，没有评价。

她对我说，我很高兴你找到了M，我希望你不会再伤害她。

好，我不会的。

她是个好人，虽然我只见过她一次，但我知道她是个好人。我在她身上感觉到了善良，感觉到了正直。

你知道吗，我年轻时曾和一位以色列士兵通了好几个月的信。我就是那样生活着，在信件中生活。我们从没见过，我很怀念那些信，仅此而已。

后来，我遇到了你父亲，有血有肉的真实的人，便再也没有怀念过那些信。你再也没给他写过信吗？没有。你不知道他后来变成了什么样？不知道。你从来没想过这些事吗？没有。如果他已经死了呢？那我也无从得知。如果他死了，你也毫不在意吗？要知道，那时我还不知道爱情是什么。我试着去爱，试着通过写信去爱，仅此而已。你是怎么遇到他的？你俩一定曾经见过面吧？见过，他是我一个朋友的朋友，我俩就在某天晚上顺便认识了一下。我能告诉你的就只是，他头发很黑，眼睛也很黑，有一撮大胡子。你还记得他长什么样？我不记得了，不过有一天他给我寄了一张他的照片，所以我才跟你这样说。因为照片还在，所以我能记起来他的样子，不然就想不起来了。

你从来没跟我讲过。

没讲过，有什么好说的呢？说到底，这都不算数。只是一些信而已，虽然写得很美，但也只是信而已。

信不算数啊？看情况，但我在人生那个阶段是有点麻木的。对这件事，或者对其他事。

后来你变得敏感多了。是的，我敏感地察觉到了你父亲的殷勤。可你并没有说自己坠入了爱河。没有，在所有一切过后，在我经历了那么多事以后，只有殷勤才算数。

可你小时候一直在恋爱。

是的，但那是从前了。从前，一切皆有可能，坠入爱河也可能。

我要去睡觉了。好，去睡吧。聊聊天挺好的，你不觉得吗？

是挺好的。可你都不怎么说话。对，有时我很封闭，我没什么可说的。

可未必是有事情要说时才说话。你可以随便说说这，再说说那，大家都是这样说话。

我喜欢说话。是的，我知道，妈妈。我知道，有时我会翻来覆去说同一件事。没关系的。

但这对你来说似乎是个大问题，你受不了。有时我忍受不了，不过有时我并不介意。

我忍受不了，是因为心情不好，当我心情不好的时候，我忍受不了任何事情。

那你可得保持好心情。

我妹妹喜欢 L，因为她把 L 当成家人。出于一些其他原因，她也把 M 当成家人。

我告诉她，我感觉自己愧对 C。

我也心疼她。

我把一只羔羊活生生剥了皮。

我在流血。

别说了。今天天气多好啊。

好，我不说了。

当她在墨西哥再次住院、出院时，我正在纽约。我在 Skype 上跟她打视频电话，她好像没有认出我。于是我喊着，妈妈，是我，妈妈，但她的目光并没有看向我，似乎没有认出我。

我心想，说实话，她认识过我吗。在我的印象里，她不认识我时的样子比她对我说些温柔话时的样子更真实。我对自己说，这才是我母亲真正的样子。后来她告诉我，那是因为她看不清楚。

在墨西哥的时候，我们很少带她出门。有一天我们带她出门，那时她已经不需要氧气面罩了。那时我的新电影正在上映，所以我们带她出门看电影。她什么也没听见，因为当时她的假牙弄得她很不舒服。但她看了画面，特别是，她看见了电影结束后，我走上舞台回答问题，那天的气氛很热烈。在她外孙的帮助下，她终于坐进了车里。她外孙把她抱进车里的时候，我已经坐在中间了。她对我说，她的两个女儿什么都有，她自己一无所有，她只有集中营。这是她第一次这样说，她总是说她很高兴，说一切都很好，这一回却突然这样说。我想着，这次她说的是实话，虽然不是事实，但却是她的实话。这很可怕。但对我来说，对她来说，说出实话都更好一些。我不生她的气，一点也不。这样更好，可我无话可说，我能说什么呢。我觉得她说得不对，她在进集中营之前有自己的生活，从集中营出来后也有自己的生活。她甚至也有过偶尔的消遣与娱乐。后来她有了我们，她的两个女儿，而且我父亲性格安静，我感觉她和他一起生活时日子过得不错。

我父亲接受一切，并且似乎看不到我母亲的不安。他能接受她总是要早早去等火车，他接受她在出发前一周就开始收拾行李，而且什么都不说。他接受了她的不安，什么也没说。他甚至像是没有注意到她的不安，但那是非常明显的。他表现得好像没有注意到任何事情，一切都很正常。我曾说，收拾行李一个小时足够了，反正你很清楚要收拾什么。你不像我，你从来不会落下东西。

我喜欢做好准备。她本可以补充说，她喜欢为一切做好准备，尤其是为糟糕的情况做好准备，因为她经历过最糟糕的情况，但她还是只说，她喜欢做好准备。我不客气地说道，我们总会知道我们有没有准备好的。我以为自己这样说很幽默，但母亲肯定没把这句话当作幽默。恰恰相反。这句话让她感到被冒犯了，加剧了她的不安。于是我说，你想怎么做就怎么做吧。父亲没说话，他假装没注意到，这或许是最好的做法。

我讨厌提前准备，我总是在最后一刻才去做事，总要等到再不去做就来不及的时候才去做。所以我当然会忘带很多东西，但说到底也没什么关系。

我讨厌做准备，我更喜欢在出发那天早早起床，不加选择地把所有东西扔进行李箱，不去叠它们，也不把鞋子放进塑料袋。我把药扔得到处都是，因为我有慢性病和失眠症，所以不得不吃很多药。如果我偶尔忘带这个药或者那个药，就得打电话让他们从巴黎给我寄。幸好我的医生是个热心肠，她知道如果我不吃药，我的慢性病就会复发，我就得被关起来。我母亲从来不会忘带任何东西，可代价是什么，我现在明白了。我明白了她为了不忘带任何东西所付出的代价，可我明白得有点晚了。

我妹妹也不会忘记任何事情，她旅行的时候总会带很多行李箱。那些行李箱被装得满满的，而且她的行李箱越多，她就把它们塞得越满。我总说我喜欢轻装上阵。但最重要的是你别忘带药，母亲会这样说，妹妹会这样说，甚至L也会这样说。所有人都对我这样说，我听烦了这些话，我烦透了那些药，烦我的慢性病，烦被关起来，烦失眠，所以我很少忘带安眠药。大家问我吃的是什么安眠药，他们说安眠药药效很强，容易产生依赖，那样就要吃更多安眠药才能入睡。我回答说不会的，我的新任精神科医生和药剂师告诉我不会，不会产生依赖，不会上瘾，没有必要担心。但这并不完全正确。

再说，我不担心这件事，我只担心我忘吃药，因为那样我会整宿睡不着觉，而睡眠对像我这样的人来说至关重要，对其他人也很重要。

我用完安眠药或者忘带安眠药的时候会很慌乱，不知所措，胡作非为，我甚至曾在美国一家药店里大喊大叫。我说美国不是一个自由的国家，他们在海关采集了我的指纹，仿佛我要进监狱一样，还拍下了我的眼睛，我大喊这是违宪，是对我隐私的侵犯，还说了一些其他事情。那个可以说是药剂师的人在柜台后面惊慌失措，她要我平静下来。但我没法平静，我看着他们，用英语说道，美国不是一个自由的国家。我走出药店，看到街对面有家比萨店，我一口气吃了四个比萨，比萨非常好吃，我本来想点第五个，但我感觉肚子开始疼了，不知道发生了什么奇迹，我竟然对自己说，你已经吃够了。然后我打量着女服务员，她正在跟一个相当英俊的男孩聊天。我觉得他们彼此相爱，至少，他们想跟对方待在一起。如果我点第五个比萨的话就会打扰到他们。所以我便付钱离开了。

我感觉相当好，吃得饱饱，无事可做，只差去隔壁酒吧喝杯好红酒。我走进一家酒吧，里面光线不好，只有一台电视机在发光，几个男人在那里。我坐在凳子上，点了一杯红酒。可惜那杯红酒不太好喝，但我还是喝了，它会帮我消化那四个比萨。可那杯红酒并没有什么用，我便拦了一辆出租车，从东边到西边并非那么容易。得先上公交车，再下公交车，还得有零钱乘车，所以我选择搭出租车回我最喜欢的哈林区。我躺在哈林区那张我最喜欢的床上，心想，可怜的药剂师，我不应该跟她说那些话，那不是她的错，但当时我周围只有她一个人。如果我跟海关说了那番话，我会立刻被遣返回法国，就像一直以来法国对待移民、非法移民们那样，有时甚至还殴打他们。

我母亲总是告诉我，对孩子来说，一个恰到好处的耳光比什么都强。但她打我的巴掌太轻，以至于我没有感觉。我是个小恶魔，而我母亲是名移民，她和我一样，都能从别人身上看出这点。我对自己说，有一天我会回去向那个好心的药剂师道歉，不过我仍然会告诉她，我之前对她说的每句话都是我的真实想法。我知道我们不必总将真实想法宣之于口。有时候沉默不语会更好，可我很难不说出来。当我和人们在一起时，一旦我想到什么，我就会把我的想法告诉他们。他们往往都受过良好的教育，很少回应我。

其实我知道他们在想什么，尤其是那些受过良好教育的法国人，甚至还有比利时人。

我觉得人受的教育越好，人就越虚伪，我很早就明白这一点。从我和那些受过良好教育的女孩们一起上高一开始，那时候她们还只是女孩，就已经学会当伪君子了，她们总是说些应该说的话。这都是她们从家里学来的。这些家庭从母亲到女儿均出身于这所旨在培养教养良好的人的高中。她们总能在礼仪教育方面取得高分，而我却没有（或许有）。我认为不做虚伪的人是件好事。我又用了一个学校里教的词"虚伪"，我不会再使用这个词了。

最后，我在教室里的长凳上看书，这样就不会再把想法一股脑儿地说出来了，这样我就可以什么都听不见，也就没什么可说的。当然，我被抓了个正着。法语老师蹑手蹑脚地走到我的长凳旁，对我说，我就知道。

我在读拉迪盖[1]，他的作品绝对激动人心。我告诉她我在读法语书，这本书非常激动人心。这一点我不怀疑，她说，请你出去。这是她能说出的最好的话。我拿着书出去了，在走廊里继续读。读完后，我不知道该做点什么，于是去了厕所。一般来说，你先得举手，等有人来搭理你，

---

[1] 雷蒙·拉迪盖（Raymond Radiguet，1903年6月18日—1923年12月12日），法国作家。主要作品有《魔鬼附身》《德·奥热尔伯爵的舞会》等。——译者注

再问能不能去厕所。通常情况下他们会告诉你"可以""不行""又要去"。不对,他们不会说"又要去",万一你回答说,对,我要拉肚子,这样的回答可是很臭的。所以老师们都不敢说"又要去"。有时,他们(实际上"他们"都是女性)不会说"又要去",而会说"你不舒服",我会回答说我感觉很好,我只是需要去厕所,毕竟这是天然的需求。但在我的学校里,"天然"并不被接受。"天然"会让你在礼貌教育中拿到不好的分数。所以我偶尔赶走我的天性,但通常我会忘记。最后,在这个走廊里,我可以按照我的想法去上厕所了,这已然不错了。

后来,这位把我赶出去的老师是唯一一个跟我母亲说话时带了点仁慈的老师,虽然我和我母亲都不太明白她的意思。

她告诉我母亲,你女儿必须动手做点事情,不然她以后要完蛋的。我母亲说,她会擦碗碟,偶尔还能把它们摆放整齐。老师说,这不够,她的脑子有点不一样。

母亲看着她,若有所思。她重复道,还不够。母亲没有问为什么我会完蛋,也没有问她我的脑子是怎么不一样。直到今天我还在想,那位老师怎么会有这样的预感。当我母亲谈到脑袋时,她想到的只有一头秀发,仅此而已,她说的并不是头脑。

我经常在早上起床时想起这位老师,我的喉咙会像打了结似的说话不利索。因此，在喝咖啡之前，我会动一动，整理一下，做一些有条不紊的动作，甚至会把垃圾带下楼，这样我便感觉好多了。

学校里的其他老师不是这样。我母亲对此并不习惯。我在小学的时候所有老师都喜欢我，这一点大家都知道。

甚至有同学抱怨过这件事。他们对我说，就是你，他们都喜欢你，他们喜欢你胜过其他所有人，你是最受宠的。但那所学校里的人并没有受到良好的教育，那里的孩子对《伊利亚特》和《奥德赛》一无所知，也从未见过帕特农神庙。

自我读高中的第一个月起，我母亲就被叫到学校，她们告诉她，你女儿让人受不了。我母亲拥有除虚伪之外的一切品质，她回答说，哦，好吧，她在家里很乖。

班主任很惊讶。一般情况下妈妈们都会同意老师的说法，而且从来没有家长在开学后一个月就被叫到学校。我的母亲是唯一一个，她很快就到了。幸亏她还得去买东西准备做晚饭，我通常会摆好桌子，还要照顾我妹妹，不过这并不麻烦，因为我妹妹总能干干净净地从学校回来，她不会摔倒，不会把衣服弄上污渍。虽然她不想做作业，不过大家能体谅她。放学后她不会在街上闲逛，再说她只有四岁而已。她很幸运。她去上幼儿园，那里的所有人都对她很好。我不知道为什么我要说她不想做作业，她就没有家庭作业。只是后来她才有了她不想做的家庭作业。我对她说，好好学习，好好学习，不然以后会完蛋的，你会去卖鞋。我总是说鞋啊鞋,而不提其他东西,她便问我为什么是鞋。P回比利时以后就在卖鞋。

但我妹妹脾气很好,这才是最重要的。

尤其是在她年纪还那么小的时候。

我那时已经开始在放学后四处游荡了,因为爱情。爱情让人流连忘返。我送一个高年级女同学去卢森堡车站。我们能聊很久,即使是在下雨天,她也会为了和我聊天而任由自己错过一班火车,有时甚至是两班。聊天的内容我记不清了。下雨天里,她那头金色长发的颜色会变深,但这并不重要。最后她会赶上火车,而我则会回家。当时我不清楚这就是爱情。然而,这就是爱情,千真万确。

我们之间从未发生过任何事情,但这是爱情,它让学校不再难以忍受。

每天天刚亮我就起床去学校找她。课间只有5分钟,我们也会跑去找对方。我们有说不完的话,所以哪怕5分钟也值得,但这些远远不够。

后来她离开学校结婚了,我们便结束了。巨大的虚空包围着我。我尽可能不去学校,可我越是不去,放学回家时就感觉越糟糕,也越沮丧。

她离开学校,和她丈夫一起离开了欧洲。她去了一个饱经战乱的动荡国家。我喜欢这个国家,据说我的祖先来自那里。起初她给我写了几封信，可之后她应该是忘记了。后来我得知，她和她丈夫已经离婚。为什么我不知道呢。他们俩都那么好看。

有时我在想，如果我试着找她会怎样，此前我听说她回到了比利时，在一个外省小城里卖鞋。我能想象那是什么样子。

不，我想象不出来。

鞋子是什么样子的，小城是什么样子，它在哪里。

后来我才知道是在蒙斯。

蒙斯就在去往巴黎的铁路沿线，那时火车还会在蒙斯站停靠，所以我在去巴黎的路上告诉自己，终有一天她将登上火车。

我将会问她关于鞋子的事情。

况且我一直很喜欢她穿的鞋子。它们往往款式相同，但颜色略有不同。

我记得她的鞋，也记得她的半透明尼龙睡衣。

有一天她到我家来，就穿着那件睡衣在我的床上睡觉。

我们在床上聊了一会儿天，但没有发出太大声音，免得吵醒我妹妹，她睡在同一间房里的另一张床上。

她先睡着了。后来有一天，我见到一个长得很像她的女孩，好吧，是我自己觉得她俩长得像，不过这个女孩的头发是亮红色的。和这个女孩在一起时，我明白了我们之间的是爱情。

但不再是和 P 在一起了。我在学校的大公园里和她一起度过了所有的课间休息时间，我们也在那里聊天，我们在小巷子里边走边说。

那里有些大树没有树叶，因为我不知道为什么那总是秋冬季节。

学校位于公园中间，看起来像一座城堡。有时我会想，这座城堡里有没有塔楼呢，依我看是没有的。

我还记得她有一个弟弟，她从来没有提到过他，我也仅在一场婚礼上见过他一次。我不记得他长什么样子，只记得他是她弟弟，留着刷子一样的平头。

再说，婚礼那天我什么都没看见，我和她父母一起从巴黎回了布鲁塞尔。新郎是巴黎人，婚礼便在巴黎举行了。我们是坐车回来的，我和她父母、弟弟一起，在黎明时分才到布鲁塞尔。印象里，我们整整坐了一夜的车。在车上的时候，她的父母对婚礼很满意，但他们在为依旧尿床的弟弟担心。不过话说回来，这并没什么大不了的，他们知道这个阶段会过去的。就这样，我错过了拉丁文考试的补考。

我表弟和 P 的弟弟有点像，也尿床，大家都为他感到担心，不过大家也都清楚这个阶段会过去的。没人知道应该怎么办，她妈妈有点奇怪，她更是不知道该怎么办。大家说她奇怪，是因为不想说她是个疯子。她每周三都会和我表弟一起来我家，我妈就会关上厨房的门，因为她知道我姑姑会说一些奇奇怪怪的话，她不想让我听到。

每周三晚上，我母亲都会精疲力竭地跟我父亲说，又开始了。当她这样说的时候，我知道很快我姑姑就要在一家诊所里消失几个月。母亲还说，这可能就是我表弟这么大了还尿床的原因。我们忘记了他的父亲一事无成，我们把一切都归咎于他的母亲。我们忘记了，如果他父亲能有所成就，或许我姑姑就能少说些胡话。这一切大家都忘了，有时这样更好。我父亲说，姑姑不应该嫁给那个没用的人，他没有说别的，但大家心知肚明，再说下去也没有意义。此外，我觉得我姑姑不是疯子，无论如何她也不会比我更疯。我表弟很爱他母亲。我们见到他时，他还会诉说自己对母亲的爱，只不过我们很少见到他。他继承了他母亲的眼睛，好吧，也不完全是。大家都说，尽管发生了这么多事，他混得还不错，在工作上他甚至还小有名气。他的工作是摆弄珍珠，把珍珠耐心地缝到婚纱上，这些婚纱都是供给大资本家的，甚至还有供给贵族的。他还会画画，我们家族之前从没有人会画画。

我母亲不喜欢听人说关于珍珠的事情，或许这就是我们很少见我表弟的原因。而且我母亲很可能从我表弟的眼睛里看到了他妈妈的影子，这让她害怕。

我表弟很早就失去了母亲。那时他才刚十岁，没有人问过他小小年纪就失去母亲是什么感觉。他母亲不想再活下去了。

前不久我去参加了一个葬礼。有时人们会在葬礼上询问逝者的父母是否还健在，他们希望得到的答案是否定的，因为活得比孩子长是最痛苦的事情。

在那次葬礼上，有人对我说，我们这一代的人开始离开了。他原本想说，很快就该轮到我们了，但他没有说。

也有人对我说，还是要继续，你会继续下去，对吗。

她指的是继续拍电影。我非常迅速地答道，是的，是的，接着便转身离开了。为什么我必须要继续。为什么我那么快就回答了：是的，是的。不为什么。

后来我又见到了这个人，她忽然拉住我的胳膊，我心想，这是在用另一种方式告诉我，要继续。我没有动，我在等着她松开手，最后她松开了我的胳膊。过了一会儿，我又看了看身边，她已经不在这儿了。我松了口气。

还有一个人对我说，无论如何，这仍然是一个美丽的仪式。这句"无论如何"已经道尽了一切。

不过，在我看来，真的没有必要说这种话。然后我心想，他们说这话是因为没有什么别的可说。

之后我看到了逝者的三个女儿，我觉得她们很美。

我不知道他有三个女儿，说到底，我又对去世的这个人了解多少呢。天很冷，我离开了，回了家，不远。

即便是在家里也很冷，于是我上了床。我躺在床上，盖着所有的被子，但还是很冷。

我试着回忆去世的那个人，回忆我与他是在什么时候相遇的。那是很久之前的事了，那时他还是那么年轻，那么美，就像他的女儿们一样。不知道为什么，他的女儿们很美，却让我感到更加悲伤。

那种美让我想哭，但我没有哭，我哭不出来。然后我想起了那个关于一代人的问题，我第一次对自己说，我属于，我属于这一代人。这是有意义的。

这一代人相信一切，尤其相信一切皆有可能。在这一代人中，有一个我曾经深爱的人，他正躺在墓地里。我曾对他说，你是我的兄弟。

他说，是的。我还记得。

对，我记得。

他也有三个女儿，其中一个在哭。她多么年轻啊。才十六岁。

也是在一次葬礼上,我父亲对我母亲说,我们原本该再要第三个孩子。我离他很近,我听见了他说的话。

只不过为时已晚。他挽着我母亲的胳膊,和她一起在一座座墓碑间走远了。那一天,天气并不寒冷。

我把这一切都告诉了 M。

我坐在海边房子的阳台上,和 M 在一起,我很幸福。

M,我认识她很久了,我花了很长时间才明白我有多么爱她。

我们彼此爱过,我忘了为什么我们分开了。现在我们仍然爱着对方。

甚至在走路时,我们的影子都在爱着对方。

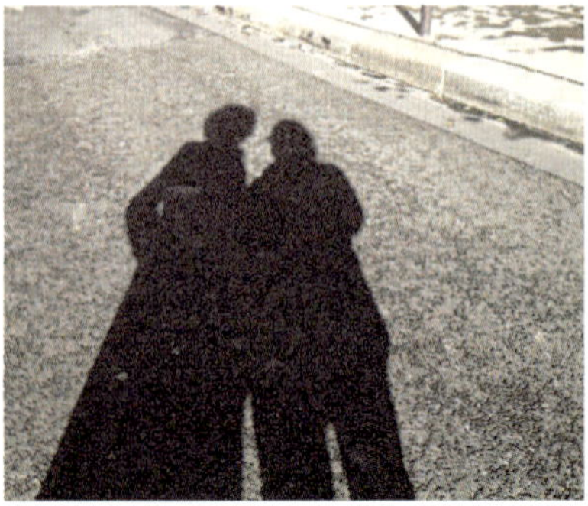

图片列表

书中所附照片均为个人收藏。

书中所附影像截帧均由卢克·兰布雷希特（Luk Lambrecht）为斯特伦贝克文化中心截取。

电影、短片、电视剧均为香特尔·阿克曼导演作品。

第2、3页：《美国故事：食物，家庭和哲学》（1989）。比利时法语广播电视台（RTBF）、"天堂电影"（Paradise films）、"马利亚电影"（Mallia Films）、蓬皮杜艺术中心公共信息图书馆（Bpi）联合出品。

第10、47、58、78、124、131、210页：《疯狂阴影》（2012，装置）。

第18页：香特尔·阿克曼与母亲。

第22、30、97、166页：《那里》（纪录片）（2006）。巴黎"音像多媒体国际制作"（AMIP）出品。

第26、110页：《提行李箱的人》（1983）。国家视听研究院（INA）出品。照片由香特尔·阿克曼拍摄。

第33页：香特尔·阿克曼与妹妹。

第 41、148 页：香特尔·阿克曼拍摄的照片。

第 52 页：香特尔·阿克曼的母亲与妹妹。

第 61 页：香特尔·阿克曼一岁时。

第 66—67 页：《让娜·迪尔曼》（1975）。"天堂电影"出品。照片由香特尔·阿克曼拍摄。

第 87、94、113、186 页：《来自东方》（1993）。利奥哈克制作公司出品。

第 106、140 页：《房间》（1972）。"天堂电影"出品。

第 162 页：《1960 年代末一个布鲁塞尔少女的肖像》（1994）。IMA 制作公司、"艺术"（La Sept-Arte）联合出品。

第 181、182 页：《蒙特利旅馆》（1972）。香特尔·阿克曼出品。

特别感谢玛丽安·古德曼（Marian Goodman）。

图书在版编目（CIP）数据

我妈笑了 /（比利时）香特尔·阿克曼著；史烨婷，苗海豫译 . — 北京：北京联合出版公司，2024.4（2025.2 重印）
ISBN 978-7-5596-7419-7

Ⅰ.①我… Ⅱ.①香…②史…③苗… Ⅲ.①传记文学－比利时－现代 Ⅳ.① I564.55

中国国家版本馆 CIP 数据核字（2024）第 043959 号

© Editions Mercure de France, 2013
Simplified Chinese translation edition copyright © 2024 by Neo-Cogito Culture, Ltd.
All rights reserved
Cet ouvrage a bénéficié du soutien du Programme d'aide à la publication de l'Institut français.

北京市版权局著作权合同登记　图字：01-2023-5552

我妈笑了

作　　者：[比利时]香特尔·阿克曼
译　　者：史烨婷　苗海豫
出 品 人：赵红仕
出版统筹：杨全强　杨芳州
责任编辑：李艳芬
特约编辑：金子淇
封面设计：汐　和

北京联合出版公司出版
（北京市西城区德外大街 83 号楼 9 层 100088）
北京联合天畅文化传播公司发行
北京启航东方印刷有限公司印刷　新华书店经销
字数 75 千字　889 毫米 × 1194 毫米　1/32　6.75 印张
2024 年 4 月第 1 版　2025 年 2 月第 4 次印刷
ISBN 978-7-5596-7419-7
定价：52.00 元

版权所有，侵权必究
未经书面许可，不得以任何方式转载、复制、翻印本书部分或全部内容
本书若有质量问题，请与本公司图书销售中心联系调换。
电话：010-65868687　010-64258472-800